COLLECTION FOLIO

Mustapha Tlili

Gloire
des sables

Gallimard

© Jean-Jacques Pauvert et Éditions Garnier Frères, 1982,
pour la première édition.
© Mustapha Tlili, 1986.
Tous droits réservés.

Tunisien, Mustapha Tlili vit à New York. De triple culture — arabo-musulmane, française et américaine —, il considère, en tant qu'écrivain, la langue française comme sa seule patrie. Il a déjà publié deux romans : *La rage aux tripes* (1975) et *Le bruit dort* (1978).

*A Myriam, ma fille.
A Elsa, aussi, toujours.*

The horror, the horror
Conrad

La traduction du *Coran* utilisée est celle de Jean Grosjean, Éditions Philippe Lebaud.
La traduction de *Gerontion* de T. S. Eliot est celle de Pierre Leyris in *Poésie*, Éditions du Seuil.

I

CHAPITRE 1

On ne sait jamais ce que la vie nous réserve comme surprise, c'est entendu, mais notre étonnement, notre consternation n'en sont pas moins vifs quand c'est nous personnellement qu'affecte l'inattendu. Dick Casey en fit l'expérience à ses dépens à Riyad, un après-midi de l'automne 1979 d'une moiteur inhabituelle pour la saison, plutôt fraîche dans cette partie de l'Arabie. Cet après-midi-là, tandis qu'à La Mecque tombait le rideau sur des événements qui venaient d'ébranler le monde, un inconnu, un certain « Professor Hutchinson », qui avait téléphoné à Dick la veille, à son hôpital, l'Hôpital Central de Riyad, pour convenir avec lui d'un rendez-vous pour le lendemain, à l'Hôtel Intercontinental, vint lui apprendre dans le plus grand secret, au lieu et à l'heure arrêtés, ni plus ni moins que la mort de son gendre, Youcif Muntasser, parmi les insurgés réduits par les forces du pouvoir dans la Mosquée Sacrée de la Kaâba, saint des saints de l'Islam. L'inconnu annonça aussi à Dick l'intention des autorités de l'expulser d'Arabie ainsi que le reste de sa famille, et que cette intention deviendrait décision ferme dans les prochains jours, dès que les services secrets du Royaume, avec l'aide d'experts américains en provenance de Washington, auraient établi avec certitude l'existence d'un lien de parenté entre le cadavre de Youcif Muntasser et lui, Dick.

*

Pour bien comprendre tout ce que le contact du dénommé « Hutchinson » avec Dick pouvait avoir de singulier, il importe de préciser que Dick n'est pas quelqu'un d'ordinaire ; pas du genre à se laisser facilement importuner par le premier inconnu venu, se prétendît-il « Professor », pour aller le rencontrer dans... la salle des chaudières — oui : *la salle des chaudières* ! — d'un hôtel international d'Arabie et selon un jeu compliqué de précautions digne des meilleurs films d'espionnage. Non, Dick c'est un homme d'un sérieux imposant, un éminent savant mondialement connu pour ses recherches sur la dépression, un psychiatre (psychiatre au sens américain : doublé d'un analyste) absorbé jour et nuit par les problèmes de ses patients, et quels patients — quelles *patientes* ! plus exactement, car il ne s'agit pas moins que des princesses d'Arabie. Et si avec ses proches et ses intimes, parmi lesquels je me flatte de compter, Dick est la simplicité même, un être d'une exceptionnelle chaleur humaine, plein de bienveillance, de générosité, de charme et de drôlerie aussi, il possède en revanche à la perfection l'art de tenir à distance ce reste du monde extérieur qui n'inclut ni ses patientes, ni sa famille, ni ses amis, et de décourager ainsi les importuns les plus tenaces, sauf évidemment quand l'objet de leur démarche est d'ordre strictement professionnel. Mais dans ce cas, la règle hiérarchique veut que l'on passe d'abord par les assistants, bien que le plus dévoué de ses assistants en Arabie, et le plus compétent de tous, le Dr. Hyder, psychiatre d'origine pakistanaise, fût absent depuis un mois le jour du coup de téléphone de « Hutchinson ». Si par chance l'on finit par avoir accès à lui, Dick, l'on est alors tenu de se conformer rigoureusement à cet autre impératif qui régit les rapports d'autrui avec le célèbre savant qu'il est : respecter son temps à lui, ses préoccupations à lui Professor Casey, ancien directeur du Département de psychiatrie de la New York University Medical School et maintenant chef du Service de psychiatrie de l'Hôpital Central de Riyad, et à ce titre, psychiatre personnel des princesses d'Arabie.

Qu'on imagine alors Dick à la veille de son rendez-vous avec le mystérieux « Professor Hutchinson ». Il est à l'hôpital, retiré dans ce que le personnel du Service de psychiatrie appelle avec une pointe de malicieuse affection son « cabinet secret de travail », aux rideaux de velours bleu turquoise soigneusement tirés, éclairé par une lampe braquant son intense faisceau sur la table Directoire à laquelle Dick est assis, la stature massive, son épaisse et longue chevelure blanche lui tombant en bataille sur un angle du front. Le Professor Casey est absorbé depuis quelques heures dans une réflexion soutenue sur un phénomène inouï dans sa carrière de psychiatre : la découverte, en cet automne 1979, en Arabie, de surcroît, de ce qui a toutes les apparences d'un « cas de Dora ».

Dora ? Ceux qui sont versés plus que je ne le suis dans l'histoire de la psychanalyse savent mieux que moi, Stanley Burleson, simple journaliste, comment un jeune médecin du nom de Sigmund Freud est parvenu à guérir par le langage un cas d'hystérie avec manifestation de paralysie chez une jeune fille de la bourgeoisie viennoise, déchirée entre le devoir de rester au chevet de son père malade et le désir de s'adonner aux divertissements et aux plaisirs de son âge et de sa classe sociale, situation conflictuelle par excellence qui la mena à la névrose.

Or le temps passe, et le monde évolue...

Presque un siècle après : nous sommes dans un palais somptueux d'Arabie niché dans les montagnes verdoyantes et fraîches de Taëf, montagnes magiques où sont concentrées les plus fastueuses résidences de la tribu au pouvoir. Dior, Yves Saint-Laurent, Chanel, Cacharel, Cartier et autres grands spécialistes du luxe le plus raffiné et le plus cher aussi connaissent très bien ces féeriques demeures où ils se succèdent à longueur d'année pour y exhiber, à l'intention de princesses séquestrées, les derniers en date des rêves les plus fabuleux du siècle. Elles peuvent les porter autant qu'elles veulent à l'intérieur, mais il leur est strictement prohibé de s'en parer pour l'extérieur qui, de toute façon, leur est interdit.

Dans ce palais des mille et une nuits d'un nouveau genre : une jeune et très belle princesse de dix-huit ans à peine — Hajer D., épouse préférée (parmi quatre autres) d'une personnalité clef du régime.

La princesse Hajer peut avoir tout ce que l'argent miraculeux du pétrole d'Arabie permet d'acheter — tout, sauf une chose : la liberté de se montrer devant d'autres hommes que ceux de sa famille et de la famille de son mari.

Cette jeune et infortunée princesse aux grands yeux noirs, les plus noirs que Dick ait jamais vus, souffre depuis quelques mois d'une maladie dont les symptômes ont fini par convaincre le Professor Casey de se replonger dans la littérature psychanalytique consacrée au « cas de Dora », car ils ne sont pas sans rappeler les troubles manifestés par la fameuse Viennoise de la fin du siècle dernier.

C'est au moment où Dick est perdu dans sa méditation sur l'histoire et sa fatalité implacable face à la fragilité de l'être humain qui, hélas! fait constamment les frais — y compris dans la chair de son âme — des conflits engendrés par les changements de toute nature (économiques, politiques, sociaux, culturels, etc.) auxquels se trouvent soumises sans fin les sociétés, c'est à ce moment précis que sa secrétaire personnelle, une vieille négresse du Tennessee, maigre comme un clou, attachée à son service depuis plus de vingt ans, Miss Gilmer, ouvre tout doucement la porte du « cabinet secret de travail », car elle n'a pas le droit d'appeler son patron au téléphone lorsqu'il s'isole ainsi, et, d'un accent traînant, presque fatigué, dit :

— Oui, désolée, bien sûr, Monsieur.

— Bon, qu'est-ce que c'est, Miss Gilmer?, fait Dick, en levant péniblement sa tête immense du livre qui est devant lui, visiblement irrité.

— Un certain « Professor Hutchinson ». Jamais entendu parler. Il insiste.

— *Hutchinson?*

— De Princeton University, qu'il dit.

— *Princeton ?* Depuis quand Princeton brille-t-elle en psychiatrie, Miss Gilmer ?

— Non, Monsieur, du département de science politique.

— Bizarre. Et que me veut-il cet aimable individu ?

— Urgent. Très important, qu'il prétend. Il attend au bout du fil. A vous personnellement qu'il veut parler, Monsieur, et maintenant. Strictement personnel et urgent, qu'il répète.

— Bon, Miss Gilmer, puisque c'est ainsi, passez-moi ce « Hutchinson », soupire Dick, résigné.

Et ce devait être la consternation, le lendemain, à l'Hôtel Intercontinental de Riyad.

*

C'est que Dick Casey ignorait absolument tout des activités clandestines de Youcif Muntasser, et tout ce qu'il découvrira, après sa rencontre avec « Professor Hutchinson », au sujet de la vie secrète que son gendre menait dans le cadre d'une cause qui n'était pas celle pour laquelle il semblait apparemment si bien désigné : la réforme du Parti démocrate, — tout ce qu'il découvrira lui paraîtrait, et à moi, son ami, non moins qu'à lui, aujourd'hui encore, de l'ordre de la fiction, tant l'itinéraire qui avait conduit Youcif d'un premier séjour en Arabie, au printemps 1976, jusqu'au moment où il était tombé sous les balles de ses adversaires, cet automne 1979, était invraisemblable et proprement incroyable.

En effet aux yeux de Dick, Youcif n'était que le cofondateur et le coanimateur de talent à New York, avec Fred O'Donnell, fils du célèbre sénateur Ernest O'Donnell, de *Young Democrats,* rien d'autre.

La revue mensuelle *Young Democrats,* on le sait, s'était donné pour mission de ressusciter le Parti démocrate après la défaite que lui avaient infligée Nixon et les Républicains lors de la course pour la Maison Blanche de 1968, mais de le ressusciter sur de nouvelles bases. Youcif semblait consacrer toute sa vie à ce but. Avec son ami Fred il entendait l'atteindre de deux façons. En arrachant d'une part le Parti à l'emprise de ceux qui étaient, à ses yeux, responsables de ses échecs, ceux qu'il appelait « *les vieux barons... Politiciens conservateurs au cœur de marbre et à l'imagination morte, partisans acharnés, au-dehors, de la poursuite de la guerre du Vietnam, et au-dedans, du maintien du* statu quo *social* ». En lui insufflant, d'autre part, les idées réformistes nées de l'opposition à la guerre et surtout de la campagne du sénateur (et poète) Eugène McCarthy qui avait réussi, on s'en souvient, à empêcher le président Johnson, principal architecte de l'enlisement U.S. au Vietnam, de briguer un second mandat.

En d'autres termes, pour Dick Casey, comme d'ailleurs pour beaucoup d'autres, surtout dans les milieux de la politique et de la presse, de New York et de Washington notamment, y compris moi-même, Youcif Muntasser c'était un jeune intellectuel américain plein de promesses. Et l'on estimait généralement que si la ligne qu'il défendait grâce à *Young Democrats* venait un jour à prévaloir au sein de son parti, il pourrait sans doute aspirer aux plus hautes responsabilités.

A l'itinéraire qui avait conduit Youcif à militer dans les rangs du Parti démocrate pour le régénérer,

Dick n'avait rien trouvé de surprenant. Jeune Algérien qui avait réussi à s'évader de la prison de Fresnes où l'avaient mené ses activités, à Paris, dans les rangs de ceux qui luttaient pour l'indépendance de son pays natal, son futur gendre était venu faire des études de science politique à Harvard et s'était tout naturellement donné corps et âme au mouvement de protestation contre la guerre du Vietnam dès les débuts du mouvement. Plus tard, Youcif Muntasser avait investi toute son énergie dans la campagne de McCarthy, après avoir adopté la nationalité U.S. à laquelle il avait pu accéder sans difficulté grâce à ses brillantes études qui avaient fait de lui un grand expert dans la guerre de guérilla aux qualifications ardemment convoitées par le Pentagone, et grâce à son mariage avec une Américaine, Ann Casey, dont il avait fait connaissance dans l'entourage du sénateur-poète. Rien de plus normal dans tout cela pour mon ami Dick, car n'était-ce pas là, précisément, la définition même du « rêve américain » — cette possibilité offerte à tout être humain, pourvu qu'il remplisse certaines conditions, il est vrai, d'adopter les États-Unis pour patrie, de s'y épanouir complètement et de former le projet de les changer en fonction de ses propres rêves ? C'était ce que Youcif, avec fougue et talent, tentait d'accomplir, et Dick ne pouvait qu'en ressentir une certaine fierté, même s'il n'était pas toujours d'accord, loin de là, avec les idées de son gendre.

CHAPITRE 2

J'ai connu moi-même Youcif Muntasser ainsi qu'Ann sa femme, il y a quatre ans, au printemps — ce même printemps 1976 de leur premier voyage en Arabie. Je me trouvais dans la région du Golfe, envoyé par le *Manhattan Chronicle*, pour faire le point sur la politique énergétique à long terme des pays arabes producteurs de pétrole et surtout du plus important d'entre eux, l'Arabie. Du Koweït, mon avant-dernière étape, j'avais téléphoné à Dick pour lui annoncer mon arrivée dans deux jours à Riyad. Quelle fut, je me souviens, la joie de mon vieil ami pour qui la surprise de mon coup de fil était d'autant plus agréable qu'elle venait après des années d'un silence qui avait commencé depuis que nous avions quitté tous les deux New York, lui pour l'Arabie, appelé par le Roi pour y diriger le Service de psychiatrie de l'Hôpital Central de Riyad et y remplir en même temps les fonctions de psychiatre personnel des princesses ; moi pour Paris, muté par le journal, nommé correspondant, d'abord pour l'Europe et, plus tard, pour le Moyen-Orient également. Après que Dick m'eut tout simplement *interdit* de descendre à l'hôtel, l'Intercontinental, comme c'était initialement mon intention, et dès que je fus chez lui, dans la grande, somptueuse et bien confortable villa à la californienne mise à sa disposition par le Roi et qu'agrémentait, combattant ainsi une chaleur constante de 45° au moins à l'ombre, une piscine olympique et un vaste gazon d'un vert étrangement vif, je me rendis compte aussi que mon arrivée si inattendue s'ajoutait à celle qui ne l'avait pas moins été, une semaine auparavant, de son gendre et de sa famille, et que tant de présences heureuses faisant subitement irruption dans la vie de mon ami à un moment où ses relations avec sa femme Joyce se troublaient de nouveau, allaient lui apparaître, à lui qui croit aussi fermement au destin que les Arabes, comme le signe peut-être de jours meilleurs à venir.

C'était le premier voyage des Muntasser en Arabie où ils venaient passer les vacances de Pâques chez les parents d'Ann. C'était mon premier voyage aussi dans ce berceau de l'Islam, et c'était là, après avoir longtemps entendu parler de Youcif, qu'un hasard des plus singuliers choisit de me faire rencontrer cet ex-« Français musulman d'Algérie », comme il se plut à me le faire remarquer car il n'avait jamais connu, lui, la nationalité algérienne pour laquelle il avait pourtant durement combattu. Rencontre, pensai-je, d'un exilé en Occident sur la terre de son être primordial. Je me souviens, cette première nuit chez les Casey, au cours de cette mission qui allait me retenir chez eux trois jours, nous nous étions, Youcif et moi, abordés plutôt avec froideur : une politesse parfaite mais circonspecte. La simple récitation que je fis... *en arabe* du début d'un verset du Coran, qu'il se révélera connaître par cœur, lui aussi, et qu'il continuera jusqu'à sa fin, ne tarda pas cependant à décrisper l'atmosphère et nous passâmes ainsi toute cette nuit jusqu'au petit matin à converser dans une ferveur pathétique, enflammée par les alcools de toutes sortes (fabriqués à la maison, dans le pays de l'abstinence, par mon ami Dick), à parler sans fin de l'oubli douloureux de soi et de la blessure à jamais béante que laisse la perte irrémédiable des origines.

Ses origines à lui, — il me le révélera cette nuit —, étaient celles d'un enfant de la steppe algérienne, abandonné à un très jeune âge par sa mère, une bédouine, contrainte par la pauvreté, et recueilli par un couple d'instituteurs français sans enfant qui ne cherchèrent point cependant à l'éloigner de la culture de son peuple, ni de sa religion, mais au contraire firent de leur mieux pour l'y enraciner davantage, notamment au moyen de l'enseignement coranique de la médersa du village — son village natal : Deriana. Ils lui assurèrent en même temps une éducation européenne qui n'avait rien à envier à celle que dispensaient les meilleures écoles de l'Algérie de l'époque, jusqu'au jour — et il avait alors seize ans — où ses parents adoptifs trouvèrent la mort, un jour de juillet d'une chaleur torride, dans une embuscade tendue par les nationalistes algériens, le laissant ainsi complètement orphelin.

Le choc des circonstances de leur mort, me raconta-t-il, fut tel que, dès que lui parvint la nouvelle, tard le soir, à la poste du village, où il travaillait, pendant ses vacances d'été, comme permanent de nuit au standard pour se faire un peu d'argent de poche, il se précipita vers la gendarmerie pour offrir de s'engager dans l'Armée française et aller en découdre contre les rebelles.

On le convoqua pour le lendemain matin, et il était tout bouillonnant de rage, de désir de vengeance, prenant tout comme une affaire hautement personnelle. Mais au lieu de l'uniforme et de la mitraillette dont le gosse qu'il était avait passé le reste de sa nuit à rêver, il n'y avait qu'une cohorte de journalistes, cameramen, photographes et autres faiseurs d'images et de malentendus qui l'attendaient, pour présenter au monde le « *magnifique sursaut de loyauté d'un jeune Français musulman* », ainsi que titrait *France-Soir* le lendemain, après quoi le chef de la gendarmerie lui expliqua qu'il était trop jeune pour l'armée et le renvoya gentiment chez lui.

Profondément blessé, dégoûté, il ne se sentit pas le courage d'aller se mêler à la foule des Européens de Deriana, accourus aux funérailles de ses parents adoptifs, et vécut ce jour-là son deuil à sa manière, en errant seul, loin du village, dans les oueds desséchés de la steppe environnante, récitant le Coran, priant Allah pour le repos de l'âme des siens et vouant à tous les enfers, rebelles, gendarmes, journalistes, cameramen, photographes et autres esprits malins trop compliqués pour sa soif de fraternité. Épuisé de fatigue et de désarroi, il s'écroula sous un laurier rose et s'endormit dans sa fraîcheur, et ce fut là qu'il fit un rêve étrange, me dit-il, les larmes aux yeux, un rêve qui ne devait pas cesser de le hanter depuis.

Il se voyait jeune enfant de huit, dix ans, peut-être, dormant sur le dos d'un chameau, serré contre quelqu'un qui était dans le rêve non seulement son « père », mais son *véritable* père, celui qui les avait abandonnés, sa mère et lui, presque à sa naissance pour émigrer en France, à la recherche d'un travail, sans plus jamais donner signe de vie, et qu'il n'avait ainsi pas du tout connu. Mais ce « père », il le sentait vieilli et malade — ou était-ce seulement la crainte qu'il le fût ? Toujours est-il que le bercement imprimé par la marche du chameau, s'il n'arrivait pas entièrement à bout de l'angoisse de l'enfant, maintenait néanmoins celui-ci tant bien que mal dans son sommeil, jusqu'au moment où l'appui contre lequel il reposait commença à se dérober par intervalles aux petits bras fragiles pour soudain disparaître complètement et laisser l'enfant dans la plus cruelle détresse. Le sentiment prédominant que retint de son rêve le dormeur du laurier rose, de ce fulgurant moment de lucidité suspendu comme dans tout rêve à la frontière précaire du rêve et du réveil, était celui d'une intense colère contre une trahison impardonnable.

Six heures venues, l'adolescent se rendit à la poste, comme d'habitude, mais cette fois obsédé par l'impression que quelque chose de capital venait de se produire dans sa vie, sans savoir exactement quoi, quelque chose de plus important que l'assassinat de ses parents adoptifs et qu'il ressentait comme une espèce d'appel — l'appel du destin, peut-être. Une idée incroyable lui vint alors : disposant à sa guise du standard de la poste de Derïana pour la nuit, il se mit à téléphoner à autant de proviseurs de lycée de France qu'il put atteindre pour expliquer ce qui venait de lui arriver — l'embuscade, les photos, les journaux, la télévision et le reste, leur clamer son dégoût de ce qui se passait en Algérie et leur demander de le prendre comme interne aux frais de l'État, afin qu'il puisse finir ses études, car n'était-il pas, par la faute des fellaghas, devenu pupille de la nation, n'est-ce pas ?

Quelques jours plus tard, il partit pour Mâcon, quittant pour toujours sa terre natale, non sans être allé cueillir, pour les emporter avec lui, des fleurs du laurier rose dans la fraîcheur duquel il avait dormi et rêvé le jour de son deuil...

Pourtant Youcif avait l'air si américain, dans sa mise comme dans toute son allure, dans sa façon de parler, de raisonner, que passé ce moment en quelque sorte de délire, favorisé par l'alchimie de notre Dick, il m'eût été difficile, impossible même, de croire, ne fût-ce qu'un instant, qu'il pût s'engager, s'enthousiasmer, risquer sa vie et finir par la perdre, pour une autre cause que celle de l'Amérique.

L'impression d'une parfaite assimilation à sa nouvelle patrie était renforcée par le couple aussi parfaitement américain que possible du milieu des années 70 qu'il formait avec Ann, grande blonde aux magnifiques yeux bleu clair, mince et presque aussi grande que lui, une énorme chevelure tombant en épaisses vagues dorées sur une chemise western bleu délavé à laquelle répondait un jeans de même couleur qui serrait des jambes longues et sensuelles. A leur couple, Ann, avec ses manières de jeune étudiante à peine sortie de son dernier cours à Barnard College, apportait ce naturel vibrant, enchanteur, non seulement si vrai, si sincère, mais si envahissant aussi, contagieux, qui vous séduit immédiatement, vous met tout de suite à l'aise et vous communique une sensation complice de bien-être, simple, claire et limpide, naturel qui est si spécifiquement américain.

Et ainsi, lorsque je pense aujourd'hui encore à leur tragédie et que j'essaie de me l'expliquer uniquement à partir de ma connaissance acquise d'eux pendant nos trois jours ensemble en Arabie, je ne parviens pas à m'imaginer comment l'homme qu'était Youcif à Riyad a pu finir de la manière dont il a fini. Revanche de l'Orient ? De l'Algérie, sa terre natale et pour l'indépendance de laquelle il avait milité en France et fait de la prison ? De la steppe ? Du Coran ? De l'enfance et son chant indépassable ? Mais toutes ces choses me paraissaient vécues par lui comme si elles formaient plutôt une dimension imaginaire de l'existence, presque extérieure à lui et qui se rapportaient en quelque sorte à quelqu'un d'autre, tant elles étaient refoulées au plus loin de lui-même et ainsi comme neutralisées, frappées d'irréalité au deuxième degré, car non seulement elles faisaient partie du passé, mais encore ce passé lui-même semblait être celui de quelqu'un d'autre et non pas le sien, sans vie, sans flamme, mort et sans plus d'effet sur le présent. Oui, le Youcif que j'ai connu durant ces trois jours du printemps de 1976 à Riyad, si j'exclus les ombres qui se sont levées des brumes de l'alcool au cours de notre nuit de délire, ne semblait avoir pour véritable passé que celui de sa vie américaine, de sa vie à Manhattan surtout.

Manhattan semblait être devenu son nouveau et unique passé, sa nouvelle flamme, sa nouvelle source d'inspiration qui expliquait cette richesse de sensibilité qui était la sienne, ce lyrisme envoûtant quand il parlait de ce qu'il aimait, cette capacité de rêver et de se détacher du présent et de ses pesanteurs quand il évoquait ce qui l'exaltait, se perdant, son grand regard noir absent, loin de son interlocuteur, à la poursuite d'une vision, d'une petite musique qu'il semblait vouloir arracher à toute contingence pour qu'elle devienne invulnérable et qu'il le devienne lui-même dans son sillage.

Manhattan, me disait-il, c'était lui ; et lui, entièrement, de part en part, c'était Manhattan ; et pour moi qui ne pouvais me faire complètement à l'idée que quelqu'un comme lui ne pût, en dehors du délire de l'alcool de la nuit, approcher un monde — l'Orient — que je pensais si naturellement proche de lui, et, dans un état normal, en parler avec un minimum d'authenticité, avec vérité, de l'intérieur, il me fallut vite déchanter et me résigner à cette évidence : *lui, c'était Manhattan ; Manhattan c'était lui* ; et tout le reste, même l'Amérique qui lui importait beaucoup — son présent, son avenir —, le monde, l'Occident, l'Orient... — tous les discours, toutes les alternatives, toutes les possibilités, tout, absolument tout pour lui ne pouvait se déployer, trouver son sens qu'à partir de cette évidence première : Manhattan, origine de toutes les perspectives. Et si, pourtant, je n'ai, personnellement, jamais — que mes lecteurs du *Chronicle* me pardonnent ma franchise ! — particulièrement apprécié cette île de béton, de verre et d'acier, de détresse humaine, d'angoisse et de désarroi, et à laquelle, en dehors de mes heures de desk au journal, je préférais de loin le cadre verdoyant, paisible et reposant de Westport, dans le Connecticut, où j'ai habité, non loin de l'Océan, durant mes dix dernières années aux U.S.A., avant d'être muté à Paris, il me faut confesser qu'à entendre l'amour, la ferveur — la poésie, dirais-je — avec laquelle Youcif l'évoquait, Manhattan était soudain transfiguré à mes yeux en univers de l'intimité, de la tendresse, de tout ce qui est véritablement humain, défaillant et précaire certes, mais singulièrement beau, et évidemment, tout cela, même moi je ne pouvais que me prendre à l'aimer, surtout quand à l'évocation se joignait l'inoubliable Ann.

Fous de Manhattan, mais de l'Amérique entière tout autant — ils l'étaient tous les deux, il l'était, lui surtout, comme certains le sont de Dieu, et à la séduction par cette folie il me faut avouer qu'il m'était très difficile de ne pas céder. Oui, Youcif était si américain, si profondément enraciné dans Manhattan. Mais comment alors, malgré les révélations, les reconstructions, les explications de toutes sortes, comprendre vraiment tout ce qui s'est passé depuis ce premier voyage des Muntasser en Arabie ?

Les lecteurs du *Chronicle* à qui je livre cette histoire à l'état brut, dans sa pleine et nue singularité, telle que les circonstances et l'amitié m'en ont fait dépositaire — *telle quelle*, en somme, sans rhétorique inutile — comprendront, je l'espère, que mon but n'est pas celui d'un littérateur dont l'unique sinon le principal souci serait d'ajouter quelques pages glorieuses à l'anthologie des joliesses creuses toujours prisées, hélas ! par ceux qui se prétendent gardiens de la haute Kultur, du Style éternel. Non, j'ai un propos. Je me suis trouvé mêlé à des événements parmi les plus graves de ce siècle, des événements sans précédent, dans le fracas desquels, de surcroît, une famille américaine innocente, de bons, doux et honnêtes compatriotes — des amis proches, de plus — fut broyée, et j'ai tenu à témoigner, à verser des pièces (confidences, lettres, confessions, qu'on lira — des voix, chacune à sa manière) à un dossier. Un dossier qui, j'en suis le premier conscient, et comme l'on pourra bien s'en rendre compte dans la suite de ce récit, ne sera jamais tout à fait clos. Cependant, au-delà du témoignage et de ses implications légitimes — notamment changement des noms : ceux des personnes, à l'exception de celui de Youcif Muntasser lui-même, passé désormais dans l'histoire, comme ceux de la plupart des lieux —, c'est une vérité capitale de notre temps que j'essaie de cerner : la vérité d'un Américain (venu d'ailleurs, c'est entendu, mais, après tout, ni plus ni moins que nous tous) que toutes les apparences promettaient au plus brillant destin mais qui a fini en Arabie la mitraillette au poing crachant son feu à la face de Dieu lui-même, avant qu'il ne fût réduit. Je n'apporterai pas de réponse, je tente simplement d'élucider une énigme. Puisse mon récit inciter les lecteurs à apporter leur propre contribution à cette tâche !

CHAPITRE 3

De ce premier voyage des Muntasser en Arabie, au printemps 1976, et qui était, comme je l'ai dit, mon premier voyage aussi, me reste un souvenir particulier, un souvenir concret que j'ai souvent médité depuis les événements tragiques qui nous occupent. Il s'agit d'un document brûlant, l'un des pans d'une intimité la plus personnelle qui, sans des circonstances extraordinaires qui m'ont permis d'y accéder, serait resté interdit à tout regard extérieur. Il s'agit d'une lettre, d'une longue lettre de Youcif à Ann, écrite d'une écriture fine et serrée sur un papier très léger, datée du 20 octobre 1968, du temps où ils venaient juste de se connaître et où allait commencer entre eux une période de défis qu'ils ne finiront pas de se lancer l'un à l'autre, souvent — ainsi que me l'expliquera Dick — de la façon la plus apocalyptique, la plus éprouvante aussi, avant de se soumettre définitivement l'un à l'autre dans le consentement d'un « *bonheur inventé* », pour reprendre une expression de Youcif à la fin de sa lettre.

Cette lettre, aujourd'hui en ma possession et que je verserai au dossier, la première fois qu'il me fut donné moi-même de la lire, ce fut précisément au cours de ce séjour que j'effectuai chez les Casey à Riyad, en 1976, en même temps que leurs enfants qui étaient là en vacances. Je venais de terminer mes interviews sur la politique énergétique de l'Arabie. L'après-midi, il y avait eu des orages. Dick, fou du désert et de sa vie mystérieuse, avait proposé une excursion pour le lendemain — la veille de mon départ — afin d'admirer l'épanouissement, à la suite des pluies, d'une certaine fleur qu'il appelait « gloire des sables » — gloire des sables : inattendue mémoire d'un autre amour. Nous partîmes en Land Rover avant le lever du soleil pour profiter de la fraîcheur du matin, sans toutefois trop nous éloigner de Riyad — une centaine de kilomètres, je me souviens — car il n'en était pas besoin pour se retrouver en plein désert. Un étroit couloir de rocs taillés abruptement, presque à pic, par des déluges préhistoriques le long d'une hauteur vertigineuse nous parut promettre l'ombre rêvée pour résister à la chaleur calcinante qui nous attendait. Nous y élîmes refuge et ce fut à partir de là que notre petit groupe allait opérer.

Je me trouvais assis, je me souviens, à côté d'Ann, au bord d'une flaque d'eau si fraîche et si claire où se reflétait son visage d'une aussi fraîche et claire beauté. La lettre de Youcif était enfermée dans ce qui avait l'apparence d'une ancienne et très précieuse montre de poche, en or, qu'Ann portait en sautoir. Me voyant m'étonner de l'heure déréglée qu'affichait la montre, Ann, avec cette spontanéité si attachante, qui aurait paru invraisemblable à ceux qui n'ont pas connu la fille de Dick Casey comme moi, ouvrit la montre et commença à lire. Et lorsqu'elle aura terminé, elle regardera son mari penché, au loin, en compagnie de Dick, sur quelque délicate fleur du désert d'Arabie, avant de me faire remarquer, à propos d'une expression utilisée par Youcif à la fin de sa lettre pour caractériser ses relations avec les femmes — des « *relations-étape* » — que leur « relation-étape » à eux deux avait toutes les chances de durer indéfiniment, car ni elle ne pouvait imaginer la vie sans Youcif, ni lui ne pouvait imaginer la vie sans elle et leur petite fille Amel. Cependant le destin en décidera autrement, et c'est ainsi que je me trouve en possession de la lettre de Youcif.

La lettre s'ouvre sur un cri de soulagement. Le silence, la paix qui succèdent à la tempête.

Ann vient de partir pour la Californie. Mais ni seule, ni avec Dick et Joyce, ses parents, ou l'un d'eux ; ni, non plus, avec un simple, de simples copains. Non ; avec... un amant, et cet amant est *Fred O'Donnell.*

Oui : le même Fred O'Donnell. Grand ami de Youcif. Cofondateur et codirecteur, avec lui, mais plus tard, de la revue *Young Democrats*. Plus tard : après cette escapade d'Ann. La dernière, cependant.

Oui : Fred O'Donnell, ancien condisciple de Youcif à Harvard. Ancien militant, avec lui, contre la guerre du Vietnam. Ancien animateur, avec lui, de la campagne présidentielle de McCarthy, au cours de laquelle, d'ailleurs, Ann avait connu les deux amis.

Mais s'il est vrai qu'Ann s'était d'abord liée avec

Fred, les choses avaient changé depuis — ou du moins Youcif le croyait. En effet, quand Ann avait fait son apparition au quartier général de McCarthy, Youcif vivait avec une autre jeune femme, désignée dans sa lettre par l'initiale *I*, et il ne s'était d'abord intéressé que de loin à la très jolie fille de mon ami Dick Casey, une ancienne, elle aussi, de Harvard ; de son école élitiste pour jeunes filles de bonnes familles, Barnard College, fraîchement sortie ; depuis quelques mois mannequin en vue à la Seventh Avenue à Manhattan ; venue rechercher dans l'atmosphère de la campagne de McCarthy le goût d'une certaine aventure du temps, indispensable aux enfants de sa classe sociale et de cette génération des années soixante pour se sentir bien dans leur peau. De son côté, Ann, bien que davantage attirée par Youcif, qui n'était alors pas libre, n'avait pas repoussé les avances de son ami Fred. Cependant les choses avaient changé depuis : Youcif avait fini par séduire Ann et leur amour avait commencé sans qu'il fût toujours facile, certes, car en même temps Youcif continuait à vivre avec « I ». N'empêche que leur amour à Ann et lui avait pris lentement son élan, et il croyait qu'entre elle et Fred c'était fini pour de bon.

Or voilà qu'en ce mois de décembre 1968, Ann vient de subitement partir pour la Californie avec Fred O'Donnell. Ils sont partis ensemble pour la Californie — *en amants*, et la lettre de Youcif s'ouvre sur ce départ au sujet duquel, singulièrement, il pousse un grand cri de soulagement. « *Vive ton départ !* » s'écrie-t-il. On sent qu'un dialogue difficile, pénible, impossible, a ainsi pris soudain fin entre Ann et lui, et il s'en félicite dans sa lettre, et il ne cache pas sa joie devant ce départ, devant cet étrange silence venu régner sur sa vie après l'orage, puisque d'un autre côté, la rupture entre « *I* » et lui est maintenant consommée.

Il reproche à Ann bien des choses dans sa lettre, mais surtout son « *irrespect dramatique pour les mots* », sa « *complaisance dans le malentendu* », lui rappelle comment, pendant les trois dernières semaines de leur liaison, « *cruellement* » et « *comme une enfant* », c'est-à-dire « *peut-être sans savoir* » qu'elle risquait de blesser, elle disait certaines choses, tout en faisant ce qui ne pouvait que leur ôter toute crédibilité.

A titre d'exemple — de « *parfait exemple* » — de cette absence, par la faute d'Ann, de communication véritable entre eux, Youcif cite leur « *dernière confrontation* ». Celle du samedi d'avant ce départ inattendu d'Ann. Un certain sarcasme marque par moments le récit que fait Youcif de ce qui s'est passé. « *Notre splendide soirée de samedi dernier au bord de l'Hudson* », écrit-il.

La soirée a une poignante histoire que voici, d'après la lettre de Youcif et de son journal intime.

D'abord le 25 septembre.

Nous sommes au Café Reggio, à Greenwich Village, cet antique café italien de la fin du siècle dernier tout en boiseries sombres, patinées par le temps, décoré de vrais tableaux de maîtres ; un café dans le plus authentique style des plus vieux et plus merveilleux cafés romains. Là, ce jour d'automne, tard l'après-midi, dans l'atmosphère plus enfumée que jamais du Reggio et dans le chuchotement des voix bercé par la douceur d'une musique classique comme toujours de la plus exquise qualité et qui fait,

35

parmi d'autres plaisirs, le charme et la réputation de ce café unique à New York : une première confrontation entre Ann et Youcif qui aurait pu être fatale, car elle semble avoir réveillé en Youcif un vieux démon — « *le vieux démon impulsif du gars dur de la steppe algérienne* », écrit-il. En effet, la tentation est grande chez le futur mari d'Ann de déchirer la page, de la jeter aux vents et de s'en aller, s'il le faut même vers la descente aux enfers. Sans doute a-t-il été question de Fred O'Donnell dans cet affrontement aussi. Une lettre d'Ann à Youcif qu'on lira prochainement semble bien l'indiquer. Toujours est-il que Youcif sort à ce point bouleversé de sa scène du Reggio qu'il se dépêche de la consigner la nuit même dans son journal où il s'adjure de ne plus réagir, à l'avenir, dans ses démêlés avec Ann, aussi brutalement qu'il vient de le faire, de soumettre ses relations avec elle au regard — « *généreux* » — du cœur, et non point à celui — « *systématique* » — de l'esprit qui évidemment se hâte d'analyser et de trancher. Il réalise bien, en ce moment où il se confie à son journal, que ce dont il a surtout besoin dans ses relations avec Ann, c'est d'en « *sentir la mesure juste* » — et seuls évidemment le cœur et sa générosité en sont capables. Donc ne pas dramatiser, se garder des coups de tête intempestifs, surtout à un tournant de sa vie trouble, incertain, note-t-il, en faisant allusion, entre des parenthèses, à sa rupture définitive avec celle qu'il appelle « *I* ». Ne pas dramatiser et penser, dans ses rapports avec Ann, à l'essentiel, et l'essentiel tel qu'il le conçoit c'est : « *rêver ensemble* ». Oui, c'est ainsi que Youcif envisage l'avenir quand il s'agit d'Ann. « *Rêver ensemble, écrit-il, malgré tous les écueils qui restent à vaincre par deux êtres d'une sensibilité à fleur de peau, qui s'initient tout lentement à l'art d'apprivoiser l'autre qu'on tente d'aimer et par qui on rêve de se faire aimer, et ainsi atteindre, peut-être, à un bonheur qui ne soit pas falot, trop facile — un bonheur sans concession, lumineux, transparent, fait d'amour, d'amitié, d'égalité, complice et créateur.* »

Tel fut donc ce premier orage. Mais les choses ont dû s'aggraver depuis. Sans doute Youcif sent-il maintenant qu'Ann lui échappe réellement, qu'entre elle et Fred c'est plus sérieux qu'il ne le pensait. Sans doute sent-il que de son côté, à cause de cette conduite navrante d'Ann, il est en train de se laisser gagner par la lassitude et que le fil qui le lie à Ann risque de se rompre et de la soustraire dans sa rupture pour toujours de sa vie où elle deviendrait une page définitivement tournée, ou cette page déchirée tant redoutée qui n'existerait plus, qui serait emportée en mille morceaux par le vent. En même temps, sans doute, dans un coin caché du fin fond de lui-même, ne voudrait-il pas que le beau rêve qui commençait à les unir l'un à l'autre meure si vite, sans qu'aucune chance sérieuse lui ait été donnée de surmonter les vicissitudes rencontrées sur son chemin. En tout cas, l'homme qui va agir de la manière qu'on verra ne peut incontestablement qu'être un homme partagé entre la tentation du tragique et celle de l'espoir, mais pour retrouver l'espoir, Youcif sait qu'il lui faudrait regagner le sentiment de la présence d'Ann et que pour cela il lui faudrait refaire certains gestes, redire certains mots, afin que la magie soit de nouveau là, que la foi dans le rêve malmené renaisse, afin qu'en un mot il puisse se dire : oui, ça vaut la peine ; oui, la page ne doit pas être déchirée. C'est pourquoi il décide de téléphoner à Ann pour lui dire qu'il aimerait la voir, qu'il voudrait qu'ils passent la soirée du samedi (ce samedi de la « *splendide soirée de samedi dernier au bord de l'Hudson* ») ensemble. Ann accepte. Mais avait-elle vraiment accepté ? La lettre de Youcif est émouvante — pourquoi ne pas le laisser parler lui-même ?

« *Tu avais accepté, et tu avais manifesté au téléphone une certaine joie, une certaine tendresse. Tu devais passer chez moi à 15 h 30, je t'attendais, j'étais tout attente, pendant que j'écoutais — histoire de me remettre dans l'ambiance de la foi perdue — Nina Simone, Roberta Flack, Paul Simon, et d'autres disques de sensibilité fragile mais sublime, que nous avions découverts et appris à aimer ensemble. Or voici que le téléphone sonne : tu annonces d'une voix sans âme que tu étais retenue chez des « copains » et que tu ne pouvais pas « passer (me) voir ». Je te dis qu'il me semblait que nous devions « sortir ensemble » et qu'il ne s'agissait pas simplement que « tu passes me voir », ajoutant, ma colère à peine contenue que, de toute façon, si tu n'avais pas envie de venir, dis-le clairement, et qu'on en finisse une fois pour toutes. Tu as alors changé d'avis et tu as dit que tu venais mais un peu plus tard, vers 19 heures. Dans mon esprit, quand tu viendras à 19 heures, ce sera pour qu'on passe la soirée ensemble, comme prévu entre nous. Or tu viens à 19 heures, surexcitée, impatiente, étrange, méconnaissable pour moi, comme si tu sortais d'une séance de « coke », et avant même que j'aie le temps d'ouvrir la bouche, tu me demandes qu'on sorte tout de suite pour marcher le long de l'Hudson, car tu étouffais, disais-tu, et puis il ne faudrait pas que tu restes longtemps, car tu ne devrais par arriver trop en retard où tu étais attendue... Nous sommes sortis, et en marchant à côté de toi, j'avais beaucoup de difficulté à cacher à la fois ma consternation devant le jeu imbécile que tu jouais surtout vis-à-vis de toi-même, et ma tristesse de voir comment les plus belles choses peuvent parfois dépérir sans même que ceux qui sont en mesure d'empêcher que cela arrive en prennent conscience.*

« *Tu sais comment notre magnifique soirée s'est terminée finalement : après des échanges aussi absurdes que stériles et stupides sur ce qu'il fallait comprendre pas « passer voir quelqu'un », « passer la soirée ensemble... » etc., et après quelques éclats inévitables, vu les circonstances, je sentis tout d'un coup le besoin irrésistible de me lancer dans une course folle, la plus épuisante qui soit et je te remis ma veste, sans bien sûr penser un seul instant que je te laissais là, toute seule, la nuit, dans l'un des endroits les plus dangereux de New York, un véritable coupegorge pour drogués, pédés, prostituées et autres tenants de la doctrine des défis auto-destructeurs, des sensations fortes. Plus d'une heure après, le Démon calmé en moi, je suis revenu, et évidemment tu n'étais plus là et j'ai commencé à te chercher au milieu de cette forêt sordide et mal éclairée de gros camions, de voitures calcinées, d'objets de toutes sortes éventrés, de piliers de ponts et entrepôts noirs. Lasse de m'attendre et sans doute ayant eu soudain peur, tu avais couru chez moi pour me déposer ma veste chez le doorman avant de partir, et c'est en remontant Morton Street, venant du Pier Front, que je t'ai rattrapée. Tes yeux étaient rouges, tout ton visage était rouge, meurtri, mouillé de larmes, pitoyable. Tu m'as rendu ma veste, me disant simplement que tu n'étais pas après tout mon porte-manteau. Je t'ai regardée, sans dire un mot, sans tendresse mais sachant au fond de moi-même que jamais je ne t'aimerais autant que je t'aimais à cet instant-là même et sans doute que jamais je n'aimerais aucune autre femme autant. J'ai pris ma veste, te disant : « au revoir Ann », rien d'autre, et je suis parti, et tu es partie de ton côté, te dirigeant vers la station de métro « West Fourth », vraisemblablement pour remonter Uptown, chez toi, et de là te refaire une beauté, et aller rejoindre le copain Fred... »*

Telle fut donc la « *splendide soirée* » au bord de l'Hudson. Mais la lettre de Youcif continue :

« *Quoi qu'il en soit, après m'être surpris il n'y a pas encore si longtemps à rêver de t'aimer, t'aimer par mon cœur, mon esprit, par ma sensibilité tout entière et tout mon être, pour avoir décelé une certaine harmonie entre nous dont j'avais besoin pour y puiser la force nécessaire à la lutte que je menais auprès d'Eugène McCarthy et à d'autres luttes, et dont il m'avait semblé que tu avais besoin aussi pour devenir ce que tu rêvais d'être et développer le meilleur de toi-même (tu te souviens de nos promenades et de nos échanges à Central Park, certains dimanches, ou tard la nuit, quand nous rentrions chez moi au Village, après nos cinémas et nos dîners ?), ce qui s'est passé ces dernières semaines a ramené mes sentiments à ton égard à quelque chose comme de la neutralité, et je crois qu'elle est bien finie ma « sublimation » de toi que tu me reprochais précisément au Café Reggio. Bien finie, oui, car je sais maintenant qu'au fond de moi-même, je serais content si nous nous retrouvions, mais sans plus. Il en résulte pour moi, du coup, cette possibilité de voir les choses, non pas objectivement, car dans ce domaine, bien évidemment, l'objectivité ne peut d'aucune façon exister, mais, disons, sainement.*

« *Alors voici comment je les vois nos relations : nous avons commencé à nous connaître, et puis il y a eu un incident de parcours — je n'appelle pas autrement ta liaison avec Fred puisque c'est toi-même qui la qualifie de phénomène « éphémère », n'est-ce pas, et si tu m'avais dit, si tu me dis aujourd'hui que c'est autre chose, tout naturellement je me serais exclu, je m'exclurai de moi-même, car il n'y a pas de plus intolérable que le malentendu. Je te l'ai dit près de l'Hudson lors de notre fameuse soirée, et je te le répète maintenant : si ce qui se passe entre Fred et toi est important, si tu ne tiens plus à moi, tu me le dis, et tu peux compter sur moi ; non seulement je m'effacerai complètement, mais mieux, je bénirai vos amours à Fred et à toi, car Fred est après tout un copain, et si tu le choisis plutôt que moi, je respecterai ton choix, et j'en tirerai les conséquences, pour moi-même en tout cas.*

« *Cet « intermède », donc, autre terme de toi — et sans que tu sois responsable de la coïncidence, bien entendu — s'est produit à un tournant critique de ma vie que j'ai vécu dans le silence mais péniblement : ma rupture définitive avec « I », et tout naturellement, par un processus psychologique bien compréhensible je crois, ta présence à mes côtés me fut précieuse, vitale, au moment où j'avais besoin de m'accrocher à quelque chose, à quelqu'un, si bien qu'au lieu de continuer à vivre mes relations avec toi dans le calme d'un rêve qui s'élaborait lentement, selon sa courbe propre, mes sentiments se sont enflammés à ton égard, et évidemment ton départ de mon lit tout droit pour celui de quelqu'un d'autre, de surcroît un copain, n'a pas arrangé les choses (et c'est pour cela que je te répète que moi je ne t'aurais pas fait ça, mais passons!).*

« *Je crois cependant qu'au-delà de ces circonstances particulières et de la perspective nécessairement déformante qu'elles ont imposée à nos rapports, il reste en moi une inclination profonde envers toi, nourrie par tout ce que nous nous sommes dit le printemps et l'été derniers dans des mots et au cours de moments absolument incomparables. Je crois que je m'intéresse à toi en tant que jolie fille, bien entendu; mais ce ne sont pas les jolies filles qui manquent à Manhattan, tu le sais. Non, au-delà, je m'intéresse à toi en tant que la possible partenaire dont j'ai besoin pour avancer dans la vie et devenir invulnérable et libre, et un jour, peut-être, créateur, partenaire qui aurait besoin de moi pour les mêmes raisons, étant donné l'harmonie que j'ai ressentie dans nos relations.*

« *Je ne crois pas te connaître parfaitement, mais suffisamment cependant pour penser que finalement tu es timorée, indécise dans ta vie en général (et pas seulement dans tes sentiments) alors qu'au fond de toi-même le meilleur ne demande que l'occasion de sortir, de se développer et de s'épanouir, mais cela exigera évidemment un regard sévère sur toi-même, sur ton indécision, sur tes velléités qui se dessinent et s'évanouissent au gré des humeurs et des rencontres; un adieu à un certain laisser-aller trop délicieux et trop facile pour qu'il puisse être perpétué à moins que tu acceptes de perdre le respect de l'image que tu te fais de toi-même; cela exigera que tu te fixes un but dans ta vie auquel tu adhéreras avec sérieux, constance et discipline jusqu'à ce que tu le réalises, et ainsi tu te seras réalisée toi-même dans ce que tu as de meilleur et tu en ressentiras, quand tu n'auras plus vingt-quatre ans, la joie extraordinaire que procure le respect de soi-même mais un respect réel, sans faiblesse, ni maquillage, ni faux-semblant. Tout cela, en un mot, exigera de toi que tu te donnes pour règle de vie l'exigence la plus exigeante vis-à-vis de toi-même, car être une jolie fille c'est facile dans l'Amérique d'aujourd'hui, l'Amérique de « Faites l'amour, non la guerre ! », mais être, dans cette même Amérique, un être humain qui se respecte en fonction d'une certaine image de soi-même c'est une tout autre affaire.*

« Je te donne sans doute l'impression de te sermonner, mais c'est parce que tu représentes pour moi plus qu'un exploit de séduction que je me sens la capacité de te dire toutes ces choses que je ne t'aurais pas dites si je n'avais pas connu aussi un autre côté de toi.

« Maintenant que tu n'es plus à New York, je suis serein au point d'en arriver à penser lumineusement ce que j'ai toujours ressenti jusqu'ici mais de manière plutôt confuse au sujet de mes relations avec les femmes. Je ne sais pour quelle raison, ces relations n'ont toujours été que des relations-étape pour faire un bout de chemin ensemble dans la vie de façon à s'aider mutuellement, à apporter l'un à l'autre cette assistance vitale que requiert l'état d'un être en situation de danger mortel — et que peut-il y avoir de plus mortel dans la vie que de vivre idiotement, dans l'inessentiel ? J'ai aimé deux femmes, et avec chacune d'elles j'ai fait un bout de chemin capital qui m'a révélé à moi-même, transformé et rendu meilleur ; qui les a révélées à elles-mêmes, transformées et rendues meilleures aussi ; et si la vie, chaque fois, a fini par

nous séparer, c'est sans doute parce que l'important c'est de conjurer le Démon grâce à une vigueur d'espoir et de défi au bonheur facile, falot et dérisoire — renouvelée. D'où la nouvelle étape, la nouvelle expérience, avec cette seule condition que chacun fasse de son côté le vœu de rêver au maximum avec l'autre et d'être le meilleur compagnon, la meilleure compagne de l'autre, pour devenir meilleurs ensemble dans un bonheur inventé, mérité et nécessaire. Une telle pensée m'est venue en me promenant tard la nuit avec toi cet été au Village, mais peut-être me suis-je fourvoyé — qui sait ? »

Ainsi se termine la lettre de Youcif qui devait lui ouvrir pour toujours le cœur d'Ann. Une lettre d'où transparaît une recherche de l'absolu peu commune, comme on l'aura remarqué. Une lettre singulière mais d'une exigence vis-à-vis de soi-même et des autres qui force l'admiration.

CHAPITRE 4

Mais Ann aussi est morte. Elle l'était depuis le 31 décembre 1978, presque un an avant la rencontre de Dick avec le mystérieux « Professor Hutchinson » dans la salle des chaudières de l'Hôtel Intercontinental de Riyad, et presque deux ans après ces trois jours merveilleux que j'ai passés avec les Casey à Riyad. Sa mort, Youcif la présentera à ses beaux-parents comme le résultat d'un accident de voiture, ce qui était d'ailleurs vrai, sauf que c'était un accident, on le saura plus tard par « Hutchinson », d'un genre tout à fait particulier...

De New York, Youcif avait appelé Dick au téléphone, l'avait réveillé à son hôpital au cœur de la nuit, pour lui expliquer qu'ils passaient la soirée chez des amis en banlieue, à Rye, lorsque Ann, inquiète, n'avait plus supporté d'être demeurée si tard loin d'Amel, confiée à une baby-sitter. Elle avait insisté pour que Youcif, qui semblait bien se distraire avec leurs amis — ce qui ne lui arrivait pas souvent ces temps derniers — lui laisse la voiture, et s'arrange pour rentrer plus tard par ses propres moyens. Ann était partie et à un carrefour l' « accident » s'était produit...

Mes lecteurs le savent, je n'étais déjà plus aux États-Unis à ce moment-là, ni à Paris non plus, car si j'avais appris la nouvelle à temps, je me serais envolé immédiatement pour New York pour assister aux obsèques et pouvoir ainsi rendre un dernier hommage à un être si jeune, si beau, si exceptionnel à tous égards, qui avait su me ravir si vivement le cœur après seulement trois jours passés en sa compagnie et celle des siens, moi qui suis plutôt distant de nature et difficile à conquérir.

A mon retour d'un voyage en Italie, où j'avais été faire un reportage sur une jeune chanteuse d'opéra américaine originaire du Colorado qui s'était établie à Mantoue d'où elle avait fait une ascension fulgurante pour devenir une star incontestée dans l'univers de l'opéra italien — phénomène inouï pour une artiste de chez nous —, j'avais trouvé le télégramme du pauvre Dick ainsi qu'une lettre datée de dix jours plus tard où il me disait toute sa peine et l'épreuve effroyable que fut pour lui la mort de leur fille unique, les funérailles, le spectacle de sa femme pétrifiée de douleur, elle pour qui Ann était tout à la fois sa fille, sa meilleure amie, sa confidente, sa complice, son plus ferme soutien dans la vie à un moment où Joyce, sentant le vent de l'âge souffler de plus en plus près de son visage, avait tendance à se regarder dans celui d'Ann comme dans le miroir de sa jeunesse, pour se rassurer un peu et se convaincre que dans le marasme de la cinquantaine elle pouvait encore être désirée. Dans sa lettre, Dick parlait aussi en termes bouleversants de la réaction insoutenable de la malheureuse Amel, petit animal gravement blessé, à qui il avait fallu tout de même annoncer la mort de sa mère, après deux jours de pieux mensonges, le temps que ses grands-parents arrivent d'Arabie.

Je dois cependant avouer que si, vieil expert en souffrance humaine que je suis, moi qui passe mon temps à en rendre compte sous tous les cieux pour les lecteurs du *Manhattan Chronicle*, et qui suis donc en quelque sorte immunisé contre les effets du malheur sur les âmes, si moi, vieux routier, je fus touché comme rarement, par ce que Dick évoquait du malheur des siens, c'était surtout parce que les trois jours que j'avais passés en Arabie avec Dick, Ann, Amel, Joyce et Youcif m'avaient réappris ce que veulent réellement dire gaieté, chaleur humaine, affection, bonheur et parce que je les avais, mais Ann surtout, tous aimés. Eussé-je connu Ann et les siens dans un autre contexte que celui de ce sublime séjour printanier à Riyad, je doute, en raison de ce que j'appelais, sans nullement vouloir jouer les cyniques, mais vraiment sincèrement, mon immunisation contre les effets du malheur sur les âmes, je doute que la lettre de Dick, quand il parle de sa propre affliction, de celle de Joyce et de la petite Amel, m'eût affecté de la même façon, en dépit de toute mon amitié pour lui et pour sa femme à laquelle je me sens, il est vrai, peut-être un peu moins lié.

Seule exception où le récit de Dick m'eût serré la gorge avec une force aussi grande, même sans le souvenir de ces inoubliables jours d'Arabie : quand mon infortuné ami s'attarde sur l'état de son gendre au cours des obsèques de sa femme. Son gendre qui n'était pour Dick alors que le prestigieux cofondateur et coanimateur, avec Fred O'Donnel, de *Young Democrats*, et qui ne sera toujours pour lui que cela et rien d'autre jusqu'au jour où un inconnu, ce « Professor Hutchinson », viendra lui annoncer, au cours d'un rendez-vous furtif dans la salle des chaudières de l'Hôtel Intercontinental de Riyad, la mort de Youcif Muntasser parmi les assiégés de la Mosquée Sacrée de La Mecque.

Et au souvenir de la lettre déchirante de mon vieil ami, je ne peux empêcher qu'un autre souvenir vienne me hanter, celui de ce passage du Coran dont je connaissais à peine quelques mots il y a trois ans, que j'avais commencé à réciter à un inconnu, Youcif, au seuil de notre nuit de délire : « *Vous qui croyez, recourez à l'endurance et à la prière car Dieu est avec les endurants* », Youcif qui, sa curiosité piquée au vif — moi, Stanley Burleson, pur Yankee, récitant le Coran ? — allait reprendre à son compte le passage pour en poursuivre la récitation, et la mener à son terme, d'abord dans le texte, ensuite en traduction, en prolégomènes à l'amitié qui allait se tisser entre nous : « *Ne dites pas que ceux qui sont tués sur le sentier de Dieu sont morts. Non. Ils vivent et vous ne vous en doutez pas. Certes, nous vous éprouverons par de la peur, de la faim, des pertes de biens, de personnes et de fruits, mais annonce la bonne nouvelle aux endurants qui disent quand le sort les atteint : « Nous sommes à Dieu, nous revenons à lui. » A eux la bénédiction et la miséricorde de leur Seigneur car ils sont bien guidés.* »

Peut-être, oui, Youcif fut-il bien guidé et fait-il maintenant partie de ceux qui ont mérité « *la bénédiction et la miséricorde de leur Seigneur* ». Mais par quel dur chemin dut-il passer, et quel terrible prix dut-il faire payer aux siens ! Et ne faudrait-il pas ajouter : quelle force de prémonition, quel sens du destin !

« *Je les savais si proches l'un de l'autre, et jamais, depuis qu'ils s'étaient mariés, il y avait sept ans, je n'avais eu l'impression du moindre signe de discorde dans leur couple.* » Complainte du malheureux Dick dont la lettre continuait : « *Depuis surtout ton séjour chez nous à Riyad, mon cher Stan, où ils étaient revenus cinq fois, j'avais même remarqué une intensification stupéfiante des liens qui les unissaient comme s'ils sentaient — mais Youcif, surtout — leur couple, leur bonheur menacés, et cela donnait parfois des scènes étonnantes devant lesquelles Joyce et moi restions interloqués. Ainsi Youcif, d'ordinaire, par nature même, dirais-je, plutôt réservé dans l'expression publique de ses sentiments, n'hésitait plus, par exemple, — comme s'il ne pouvait plus s'en défendre, que ce fût devant nous, ou même devant des étrangers — à prendre Ann entre ses bras si longuement, avec une tendresse parfois si passionnée, absent à tout autour de lui dans un pays où Dieu sait si ces choses sont des plus délicates, qu'il m'était venu de suggérer à Joyce de parler à Ann pour percer l'énigme.*

« *Comme dans une mise mutuelle à l'épreuve, il faut dire qu'elles furent tumultueuses à leur début, leurs relations ! Vecteurs de feu éperdus d'amour, elles puisèrent dans le manque fortement ressenti d'une foi inébranlable en l'autre — cet autre tant désiré et qu'on souhaiterait à la fois tout : amant, ami, en un mot l'univers entier en un seul être réuni — l'énergie qui devait les maintenir si longtemps en mouvement dans les espaces angoissants de leur quête, y compris dans ceux souvent désolés des aventures inconséquentes et des tristes amours éphé-*

mères. Puis ces vecteurs fous de tendresse dérivèrent irrésistiblement l'un à la rencontre de l'autre, répondant en chacun, en lui comme en elle, à un cri qui devenait désespéré et que seule la voix de l'autre pouvait calmer et combler.

« *Oui, après les ruptures fracassantes, les réconciliations attendrissantes et maintes autres péripéties douloureuses ou joyeuses de leur recherche quasi mystique l'un de l'autre, ils s'étaient inexorablement retrouvés pour s'ancrer, pour la vie, l'un à l'autre, l'un dans l'autre, et je les savais si unis, oui, et je savais ma fille si heureuse et si comblée, et je le savais, lui, Youcif, si heureux, si comblé! Le psychiatre que je suis sait parfaitement de quoi il parle, tant il est vrai que les manifestations du véritable bonheur dans les relations d'un couple ont cette qualité unique d'authenticité qu'ont seules les choses évidentes qui s'imposent d'elles-mêmes à l'observateur sans qu'il risque d'aucune façon de les confondre avec rien d'autre d'affecté, de faux.*

« *Ann avait, en quelque sorte, appris de sa mère, en fait d'art de vivre, à cultiver l'indécision et une navrante frivolité, comme à s'octroyer, de par sa beauté, son statut social, son éducation d'enfant privilégiée, le droit — particulièrement avec les hommes — à un certain comportement névrotique. Malgré l'amour profond que j'ai toujours éprouvé pour ma fille et qui n'a jamais souffert de fléchissement jusqu'à sa mort, même moi, son père, je la trouvais par moment insupportable.*

« *En réalité, Ann, je le comprends mieux aujourd'hui, ne faisait que se chercher. En Youcif elle trouvera cette figure idéale du père, indulgent et ferme à la fois, et par-dessus tout amant licite sûr de lui-*

même, de sa force d'âme, et consolateur, en qui viennent se résorber, s'apaiser tous les feux impossibles, toutes les contradictions intolérables, toutes les angoisses paralysantes, tous les désirs fous, toutes les nostalgies au goût de miel d'autrefois à jamais perdu des jeunes filles comme elle — belles, riches et bien élevées, touchées seulement en surface par le désordre nihiliste, anti-establishment des années 60 et demeurées, en dépit des apparences, la parfaite, légitime et fière progéniture de Scott et Zelda Fitzgerald, par toutes lus et vénérés en cachette, à Barnard College, à Smith comme à Vassar; en cachette, de peur sans doute de se faire traiter de décadentes par leurs camarades révolutionnaires.

« *Ce que Youcif fut pour Ann... Dès qu'elle l'avait amené chez nous, à Cape Cod, la première fois, je me souviens, l'été 1968, — un été que nous avions décidé de passer entièrement dans notre villa de Nantucket, au bord de l'Océan, — je sentis qu'il ne pouvait être pour elle que mon* substitut*, mais moi sans l'effet désolant associé à mon image par les escapades de Joyce du temps où Ann était encore une enfant, car notre fille, à l'âge tendre qui était alors le sien, bien qu'incapable encore de saisir tout à fait la signification de ces choses soupçonnait que j'en étais malheureux, de même qu'elle s'apercevra plus tard, quand finalement viendra mon tour de me sentir libre de mes engagements vis-à-vis de Joyce, que mes propres escapades rendaient sa mère malheureuse.*

« *En témoigne ce lambeau du passé que je retrouve parmi mes vieux papiers. La copie d'une lettre qu'un jour Ann vint me montrer et qui était destinée à Youcif. Une lettre écrite au temps où ils n'en finissaient pas de se mesurer l'un à l'autre, et cette fois —*

qui l'eût imaginé? — c'était Fred O'Donnell qui était la « cause » de leur affrontement. Je me souviens, ma fille était venue me demander mon avis, tremblante d'émotion, en larmes, troublée, perdue, ne sachant quoi faire de sa lettre, si elle devait l'envoyer à Youcif ou non. Je lui dis qu'il fallait l'envoyer, mais je lui conseillai d'en garder une copie pour le jour où elle voudrait jeter un regard sur son histoire sentimentale, en définitive la seule qui importe dans une vie.

« La voici, cette lettre. Je n'exagère en rien, Stan, quand je parle de cette déchirure qu'avait été pour Ann notre vie agitée à sa mère et moi, et ce n'est qu'à toi, un ami proche, que je peux à un moment si cruel de ma vie m'ouvrir le cœur de ces choses et faire part de ma peine, sûr, en même temps, que ta grande affection pour notre fille (tu as manqué ses obsèques, mais je suis certain que tu aurais voulu y assister si tu l'avais pu) — sûr, donc, Stan, que ton affection ne demande qu'à se joindre à l'évocation du souvenir de ma fille par son pauvre et malheureux père, laissé maintenant à lui-même, ou plutôt seul, face à Joyce. La lettre est datée du 26 septembre 1968. La voici tout entière :

> N'ayant osé te téléphoner de peur de m'entendre dire que tu ne voulais pas que j'appelle, j'ai préféré t'envoyer ces quelques mots.
> Si je te disais avoir commis une erreur et souhaiter vivre avec toi, je pense que ton orgueil et ton désir d'absolu te feraient me répondre de façon négative.

C'est ce caractère trop entier que je crains par-dessus tout en toi.

Puisque c'est ainsi, laisse-moi te dire que notre courte vie commune m'a appris à te connaître au cours de moments agréables, gais et lumineux, mais quand cette relation vient à prendre fin, quelle curieuse sensation de punition je ressens! C'est comme si tu voulais m'atteindre au plus tendre et au plus sensible de mon être. Quel sentiment de haine, de désir de vengeance dans tes paroles, au Reggio! Pourquoi donc as-tu sublimé à ce point notre relation pour la renier aussi fort aujourd'hui? Ne pouvais-tu la concevoir comme une union dans toute la plénitude du terme et accepter cette faiblesse à laquelle je me suis laissée aller avec Fred et qui n'était qu'un léger amour entravant momentanément notre union à toi et moi? En passant par-dessus, tu m'aurais donné la preuve d'une complicité hors du commun. Au lieu de cela, ta réaction face à une liaison passagère lui a donné une importance qu'elle ne méritait certainement pas. Tu as réagi à l'instar de beaucoup d'hommes : de façon jalouse, alors que ce n'était qu'un intermède.

Peut-être trouves-tu cette analyse élémentaire et aveugle, sans doute penses-tu que je n'ai rien compris. Mais je tiens à te dire que *depuis ma plus petite enfance, j'ai vu de telles situations autour* de moi et j'ai su faire la part des choses. (C'est moi, Dick, qui souligne.) Aussi, de façon très naïve, ai-je conçu cette double relation comme étant vivable, parce que non vécue au même degré. Elle correspondait à deux facettes de mon histoire personnelle, de ma personnalité, et par facilité j'ai épousé cette situation.

Voilà, brièvement, quelques réflexions sur nous deux. J'avoue être très triste et frustrée à l'idée de cette incompréhension mutuelle, mais certainement les liens affectifs qui nous unissent sont-ils trop superficiels pour résister si mal à une pression que je qualifierai de minime.

« Oui, Stan : Youcif fut pour Ann mon substitut, mais moi lavé de la souillure que fut pour l'enfance de ma fille le comportement léger de sa mère à mon égard, comportement qu'ensuite la jeune fille qu'elle deviendrait s'ingénierait inconsciemment à répéter pour son propre compte vis-à-vis de l'homme par elle aimé, comme pour revivre pleinement la douleur refoulée d'autrefois, la faire accéder à la conscience et ainsi pouvoir enfin admirer sans restriction son père et espérer se réconcilier un jour avec elle-même. Et plus j'apprenais à connaître Youcif, plus je me trouvais à prier Dieu pour que le chemin qu'il venait de montrer à Ann fût le chemin définitif et qu'il la conduisît aux côtés de Youcif, jusqu'à la fin de leur vie, dans cette voie de bonheur, car c'était bien de cela

qu'il s'agissait : de *véritable bonheur*, et je peux témoigner qu'ils étaient tous les deux si heureux ensemble, jusqu'au jour où une mort absurde, un accident de voiture, vint nous ravir ma pauvre enfant et laisser son malheureux mari dans le désarroi absolu.

« Désarroi... désespoir... sans doute les termes les moins adéquats pour décrire correctement l'état de mon gendre durant ces tristes jours. Bien sûr, il était dans un désarroi total ; bien sûr, il était désespéré au-delà de toute imagination — et qui ne l'aurait été à sa place ? Mais il donnait surtout l'impression de quelqu'un de traqué, de sérieusement menacé, comme si Ann, quand elle était encore vivante, le protégeait d'un certain danger, un danger grave, et qu'avec sa mort il se trouvait soudain abandonné à lui-même, sans défense, vulnérable. Sur son visage au teint ocre de sa steppe natale, beau visage qu'on dirait taillé au couteau tellement ses traits superbes et fins sont nets et lisses, aux angles saillants, — sur ce visage au profil étrange mais d'une noblesse inoubliable, cela se traduisait par une espèce d'impassibilité glaciale, de neutralité intégrale d'où était absente la moindre expression sauf lorsque brusquement une brève agitation venait le secouer ; alors le malheureux Youcif tout d'un coup, tel quelqu'un, précisément, qui se serait senti talonné par un ennemi caché, commençait à jeter des regards furtifs et incohérents dans tous les sens comme pour apaiser une irrésistible inquiétude subitement déchaînée en lui, comme pour débusquer l'ennemi mortel qui se tenait à l'affût, quelque part.

« Et pendant tout ce temps, pas une larme, aucune de ces manifestations ordinaires de l'affliction, rien que des gestes quasi mécaniques pour faire face aux *exigences pratiques du moment, et Dieu sait s'il y en avait, surtout qu'il tenait, pour des raisons qui me sont restées jusqu'à maintenant totalement inconnues, à ce que tout fût très vite fait.*

« Se retrouver du jour au lendemain privé — surtout quand c'est du fait de la mort — d'un être cher est sans doute l'expérience la plus cruelle que les humains sur cette terre peuvent connaître, et j'en parle en connaisseur. On ne s'en relève jamais, si l'on considère que le deuil de cette perte de l'être aimé — au sens le plus large du terme — continue de nous lanciner pour l'éternité, de façon encore plus brûlante dans nos rêves, nos cauchemars, les nuits impossibles où nous ne cessons de ressasser cette perte et notre deuil et notre peine. De quel extraordinaire courage l'être humain fait preuve quand il se remet tout de même en route après ce que j'appelle dans mes travaux une perte essentielle *! Quel incroyable défi lance-t-il au destin quand, après la mort de l'être aimé, ou après la simple rupture définitive des liens avec lui et qui dans bien des cas n'est pas moins douloureuse qu'une mort, il retrouve tout de même... le « goût de vivre », comme on dit, et se surprend même un jour en train de sourire ! Dans mon expérience de psychiatre, j'en connais cependant beaucoup qui ne s'en sont jamais relevés, parce que, sans doute, dans les recoins les plus reculés de leur être, dans cette partie inaccessible de nous-mêmes, la plus personnelle et la plus mystérieuse de tout être humain, interdite à toute approche extérieure, quelle qu'elle soit, psychanalytique ou autre, ils se sentaient devenus précaires après la perte essentielle par eux soufferte, et il n'y a assurément de vie concevable pour l'être humain que dans l'amour, dans la glo-*

rieuse et irremplaçable relation du cœur à un autre cœur — bref hors solitude. Je sais tout cela, Stan, et ce n'est pas pour rien que dans tous mes livres sur la dépression et ses différentes formes je ne cesse de revenir sur ce phénomène de la perte essentielle, pour essayer précisément d'appréhender la dimension métaphysique du problème, dimension seule capable, à mon sens, de nous mener éventuellement à des réponses valables concernant un certain nombre de questions demeurées jusqu'ici autant d'énigmes pour les sciences psychothérapiques ordinaires. Je sais également que la dépression consécutive à une perte essentielle peut nous changer en statue de marbre, nous pétrifier en êtres lunaires, sans âme, absents à nous-mêmes et à l'existence, et tout en vivant ma propre douleur je pouvais imaginer le terrible calvaire de mon gendre, car je savais ce qu'Ann était pour lui.

« *Mais ces réactions de quelqu'un de traqué, qui se sentait menacé — mais réellement, physiquement menacé ? Mais ces regards rapides, furtifs, inquiets, qui se déchaînaient subitement ? Qu'était-ce, tout cela ? Et ce vague sur les circonstances de l'accident ? Sur les dispositions qu'il comptait prendre pour sa nouvelle vie ? Et cette volonté de limiter au strict nécessaire ses contacts avec le monde extérieur, y compris avec ses amis — même Fred O'Donnell — qui tout naturellement se pressaient autour de nous, dans ces heures difficiles, pour réconforter, consoler, être utiles ? N'était-ce pas incompréhensible, tout cela ? Ou alors la douleur de Youcif était-elle le cas extrême de ce qu'un être humain peut souffrir après la perte de l'être aimé ? Serait-ce qu'il se sentait* perdu *lui-même, mais au sens le plus fort du terme : perdu à lui-même, pour lui-même, mort, en quelque sorte, après la perte d'Ann...? »*

Et ainsi allait la lettre-fleuve de Dick, et ainsi s'accumulaient les interrogations au sujet d'une tragédie qui portait si nettement la marque de notre temps, de ses convulsions, de ses brisures et de ses blessures.

CHAPITRE 5

Pour se rendre à la salle des chaudières de l'Hôtel Intercontinental, Dick se pliera rigoureusement aux instructions de « Hutchinson ». Des instructions données par étapes successives. D'un ton aimable mais ferme, celui de quelqu'un de toute évidence habitué, dans des situations de crise, à donner des ordres sans appel, « Hutchinson » demande d'abord à Dick, dès que la vieille Miss Gilmer le lui eut passé, de raccrocher tout de suite, de sortir de son bureau et de se diriger d'un pas insouciant vers le Salon Dior de son étage — un salon féerique du Service de psychiatrie de l'Hôpital Central de Riyad, décoré, en effet, sur ses conseils, par la Maison Dior dans des tonalités de rose très reposantes pour la psyché des princesses malades qui aimaient, l'après-midi, y prendre le thé, s'y délasser, et même, dit-on, y échanger des opinions, parfois scandaleuses, sur les affaires publiques. « Faites ce que vous faites quotidiennement à cette heure de la journée : asseyez-vous auprès de vos belles, commencez à bavarder. Quand l'une des infirmières philippines vous servira votre thé, elle vous laissera un message sous votre tasse. A bientôt, Professor Casey », et la voix de « Hutchinson » a abruptement disparu, laissant Dick si déconcerté qu'il a continué à parler dans son récepteur alors que son interlocuteur a déposé le sien depuis quelques instants déjà.

Le petit mot trouvé sous la tasse de thé servie par l'infirmière philippine disait : « *Rendez-vous à 19 heures précises à l'entrée sud de la rue des Changeurs. Là, vous verrez un gamin noir habillé à l'européenne qui tient contre sa poitrine un exemplaire de* Foreign Affairs. *Arrêtez-vous devant lui et demandez-lui si c'est à vendre. Il se mettra alors en marche. Suivez-le discrètement, à une certaine distance, sans toutefois le perdre de vue, jusqu'à ce qu'il vous conduise là où vous êtes attendu et où vous aurez de mes nouvelles par un sieur changeur qui saura vous reconnaître, ne vous inquiétez pas.* »

Une fois Dick à l'intérieur de ce qui se donne pour une banque et qui n'est qu'une sinistre échoppe aux murs noirs de saleté et où sont entassées, sur d'affreux cageots, d'énormes piles de liasses de devises du monde entier, chiffonnées, écœurantes — la plus belle insulte, ou le plus retentissant hommage, comme on voudra, à l'argent dans un pays qui en regorge mais qui ne paraît pas en saisir la valeur — le « sieur changeur », un petit homme — sans doute un autre de ces Yéménites « banquiers » de cette rue — rondelet et gras, d'une laideur indicible, ferme la boutique derrière Dick après lui avoir dit d'attendre que le téléphone posé sur l'un des cageots sonne pour lui, le laisse ainsi seul et s'éclipse le temps que mon pauvre ami finisse sa conversation délicate avec... le fameux « Hutchinson ».

— Désolé, Professor, de vous soumettre à toutes

ces tracasseries, mais hélas ! ce n'est pas fini et vous comprendrez demain pourquoi c'était nécessaire.

— Mais, cher Monsieur...

— Retenez votre impatience, Professor, et écoutez bien ce que j'ai à vous dire, car nous n'avons pas de temps à perdre. Je sais que cela est pénible pour vous, mais vous êtes psychiatre, alors je compte sur vous pour vous préparer psychologiquement à affronter la situation avec tout le sang-froid requis. Soyons pratiques, je vous en prie, Professor.

— Comptez sur moi, Professor Hutchinson. Oui : vous pouvez compter sur moi. Que dois-je faire ? De quoi s'agit-il ?

— De votre gendre, c'est très important. Quant à ce qui est à faire, voici. Comme vous l'avez fait jusqu'à présent, vous allez continuer à suivre mes instructions à la lettre et en gardant le secret total. Je dis bien *total*. Compris ? Assurez-vous, chaque fois, qu'on ne vous suit pas, mais soyez le plus naturel possible, sans jouer le type filé par des espions.

— Je ferai de mon mieux.

— Parfait. Demain, à 17 h 30, vous viendrez à l'Intercontinental et vous demanderez à la réception : « Mister Stuart ». On appellera « Mister Stuart » dans sa chambre, mais ça ne répondra pas. Demandez alors qu'on vous l'appelle dans les salons de l'hôtel. Évidemment, il n'y a pas l'ombre d'un « Mister Stuart » qui réside à l'Intercontinental, bien qu'une chambre soit retenue à ce nom, pour une personne supposée l'occuper. Dès que le nom « Mister Stuart » aura été lancé par le haut-parleur, vous verrez s'avancer vers vous « le sieur changeur », oui, « le sieur changeur » en personne, qui n'est pas, au moment où je vous parle, au courant de ces dispositions et qui ne les connaîtra que demain, une demi-heure avant votre arrivée à l'Intercontinental. Mais cette fois-là, il sera élégamment habillé à l'européenne et tiendra dans sa main droite un attaché-case en peau de crocodile. Il vous regardera à trois mètres de distance, et sans dire un mot se dirigera vers le Bar Nevada de l'hôtel. Suivez-le. Il traversera le bar, sortira par la porte de la rue, contournera l'hôtel et y rentrera par une porte de service dont il aura la clef et qu'il laissera ouverte pour vous. Vous le suivrez jusqu'à ce que vous arriviez dans la salle des chaudières, située au second sous-sol. Là, vous me trouverez en train de « réparer » l'une des chaudières. Je suis grand, un mètre quatre-vingt-sept, épaules larges, yeux bleus, cheveux abondants plutôt roux, fort, le genre à vous redonner confiance en cas de menace quelconque, mais ne craignez rien, il n'y en aura aucune, Professor. A demain ». Et « Hutchinson » a raccroché avec l'assurance de quelqu'un qui sait que toutes ses instructions seront fidèlement exécutées.

Amateur de romans et de films d'espionnage, Dick Casey aurait, en d'autres circonstances, éprouvé un vif plaisir à écouter « Hutchinson » parler. La vie, d'un coup, s'offrant à vous en fiction — quelle aubaine ! Avec tous les ingrédients du mystère, de l'imprévu, du danger même, qui sait ? Le tout se succédant à une allure de film. Dick n'était-il pas, en effet, à peine une heure plus tôt, paisiblement absorbé dans sa méditation sur les affres d'une jeune bourgeoise de la Vienne de la fin du siècle dernier pour en arracher des réponses susceptibles de le guider aujourd'hui dans son interrogation sur le cas d'une jeune, bien fragile, et combien belle princesse de l'Arabie de 1979, Hajer D., dont il lui semblait en outre être un peu amoureux, encore que par éthique professionnelle, il n'eût pu se l'avouer? Or, le voilà poussé de suspens en suspens et, de surcroît, acteur du drame, partie prenante à ses péripéties qui promettent d'être plus passionnantes les unes que les autres.

C'est d'ailleurs à l'aspect *affaire d'espionnage* des choses et à ce qu'elles ont de sensationnel pour le tranquille homme de science qu'il est, qu'il réagit exclusivement pendant les premiers instants qui suivent la disparition de la voix de « Hutchinson » — ce « Professor Hutchinson, du Département de Science politique de Princeton University » au dire de la bonne Miss Gilmer — un professor qui doit, dans les vingt-quatre heures, se métamorphoser en réparateur de chaudière à l'Hôtel Intercontinental de Riyad, et à qui Dick serait présenté par un hideux Yéménite, lequel pour l'instant ruisselle de sueur à l'intérieur de sa robe du désert et trône en grand usurier oriental parmi ses cageots où s'entassent, intolérable défi à la dignité pimpante, aseptisée, faite de verre et d'acier, de notre Wall Street, des piles mirifiques de liasses dégoûtantes de saleté. Et « Hutchinson » destine ledit Yéménite au rôle hollywoodien, le lendemain, d'un gentleman banquier de la City qui se dandine attaché-case en peau de crocodile à la main.

Fallait-il d'ailleurs être grand expert pour flairer tout de suite de l'espionnage américain dans tout cela — américain, et non soviétique, ou quelque autre service secret — parce qu'à travers sa voix, son accent *élite de Boston,* un peu nasal et traînant, comme celui de Dick lui-même qui, après coup, lui trouve même quelque chose d'étrangement familier, « Hutchinson » paraît bien américain pour mon ami, américain vieille souche, grande famille, de la caste White Anglo-Saxon Protestant, *WASP,* comme nous disons couramment, caste parmi laquelle, précisément, les services de notre pays recrutent leurs meilleurs agents formés aux plus prestigieuses traditions de la culture dispensée par Harvard.

« Mais alors que viendrait faire Youcif dans tout cela ? », se demande soudain Dick. « Admettons que Hutchinson — professor ou pas, peu importe, puisque le cas de professeurs-agents secrets existe, a toujours existé — soit un agent spécial, et sans aucun doute il l'est », se dit-il, « et admettons que le misérable Yéménite le soit aussi, déguisé en « sieur changeur » à la requête de ses patrons de Langley, le siège des services spéciaux américains près de Washington — que diable vient fabriquer parmi cette bande de cyniques intrigants, à la solde du capitalisme yankee, notre Youcif, ardent apôtre de *Young Democrats* ? » L'agent secret « Hutchinson » va lui parler à lui, Dick Casey, de son gendre, Youcif Muntasser ? Mais Youcif serait-il par hasard impliqué dans des histoires du même genre... « Non, non, c'est absurde !... », fait-il, en se parlant à lui-même, en secouant la tête, une fois de retour dans son cabinet de travail, et en essayant en même temps de se rappeler s'il n'a pas déjà entendu quelque part, il y aurait longtemps, cet étrange accent du téléphone de la rue des Changeurs. « Impossible, inconcevable », continue-t-il, réalisant subitement le sérieux de la situation, car, même s'il ne s'intéresse que de loin et avec beaucoup de scepticisme à la politique, notamment quand il s'agit d'un pays comme l'Arabie, où, selon lui, l'homme ne semble pouvoir avoir de rapport essentiel qu'avec l'éternité — celle du désert et de ses fascinantes fleurs qu'on nomme « gloires des sables »..., — et donc s'il ne s'intéresse point aux affaires de ce monde, il sait tout de même, par les radios étrangères, que depuis quelques semaines se passent des choses bien graves à La Mecque.

Les révoltés de la Mosquée Sacrée de La Mecque se proposaient d'abattre le régime, disait-on, et de transformer l'Arabie dans une perspective révolutionnaire où toutes les structures politiques, économiques, sociales, etc., sur lesquelles avait jusqu'à présent reposé le pays seraient radicalement changées. Bien entendu, c'est avant tout le scepticisme naturel du psychiatre qu'il est, vis-à-vis du peu d'importance, à ses yeux, de l'Histoire, qui fait réagir Dick à l'égard des prétentions du mouvement séditieux de La Mecque comme il réagit : en bon psychiatre, il ne croit, au fond de lui-même, qu'au bonheur des âmes, seule fin que doivent légitimement et raisonnablement viser les sociétés, il ne croit qu'à l'équilibre, à la stabilité, au *statu quo,* purement et simplement. Deux siècles de révolutions et de leurs conséquences néfastes auraient dû suffire, estime-t-il, à éclairer l'humanité sur la folie de tous ces paranoïaques qui n'arrêtent pas de se sentir investis par les dieux de la mission de rendre les gens plus heureux ou meilleurs qu'ils n'ont véritablement envie de l'être.

Et la révolution en Arabie, quelle aberration ! pense-t-il. La « modernisation » à l'américaine du pays, qui est en cours, n'est-elle pas déjà une magnifique catastrophe ?

Gloire des sables. 3.

Et voilà une bande de désaxés qui entend faire plus moderne encore, sans doute à la soviétique, en mettant le pays à feu et à sang, en ébranlant les assises ancestrales de sa tradition de pays des sables, du soleil et de Dieu, en l'amenant à douter de lui-même et de son rapport à Dieu, précisément — ce dieu de l'Islam qui est l'Éternel, l'Abstrait, le Rien, un être parfait aux yeux de Dick et que nulle autre société, nulle autre région du monde, et pour cause, n'aurait pu, ne serait en mesure de concevoir, d'inventer avec cette pureté totale d'un être absolument sans la moindre substance, comme l'a fait l'Arabie. Allah n'a-t-il pas annoncé aux Arabes des temps de la prophétie qu'ils étaient tous égaux ? « Moi, Dieu, l'Éternel, l'Abstrait, le Rien — Terrible, Tout-Puissant, Miséricordieux, par ailleurs, etc., etc... — Je vous reconnais tous égaux devant Moi, leur aurait-Il dit ; plus simple encore : Je vous *déclare* tous égaux, entendu ? Alors, c'est très bien ainsi, aurait-Il ajouté, n'en parlons plus, ne perdons pas de temps à toutes ces inepties d'ici-bas appelées égalité politique, économique, sociale et Je ne sais quelle autre sornette. Mettez-vous plutôt et le plus vite possible au travail : Adorez-moi, Moi, l'Éternel, l'Abstrait, le Rien, et n'allez surtout pas me rétorquer que ça ne vous suffit pas, car vous savez parfaitement que vous n'avez besoin que de ce que vous avez depuis toujours : vos chameaux, le désert, votre liberté et vos harems. Pour le reste — J'entends pour vos actes — Je ne vous jugerai que sur l'ardeur de votre adoration du *Rien*. Amen. » Et au revoir. On ne l'a plus entendu depuis, mais le souvenir est resté. « C'est cela l'Arabie, c'est cela l'Arabie, l'Arabie éternelle qui tient et qui tiendra toujours malgré la folie destructrice de tous les désaxés », se met à se répéter Dick, dans la demi-obscurité de son cabinet de travail, tirant sur sa pipe sur le point de s'éteindre, pendant qu'il essaie d'imaginer le discours d'Allah aux Arabes. L'Arabie où il a, lui, ses fragiles fleurs, ses « gloires des sables », le désert et... et les immenses yeux noirs de Hajer, oui, les beaux yeux de Hajer, et le... *Rien,* qu'il s'est mis à adorer, lui aussi, depuis qu'Ann lui a été ravie par un accident de voiture absurde, ce Rien qu'à force de prier pour qu'Il apaise sa peine il a fini par intégrer à son cœur, et y puiser le peu de sérénité qui l'aide, en cet automne 1979, à supporter la vie.

Or, aux yeux de Dick, c'est à L'Éternel, à l'Abstrait, au Rien, que les insurgés de la Mosquée Sacrée de La Mecque osent s'en prendre. Depuis la mort d'Ann, Dick se sent une telle inclination pour le mysticisme qu'il est devenu incapable du moindre jugement critique sur les entreprises humaines et qu'il s'enferme lentement mais sûrement dans un rejet catégorique de tout ce qui était susceptible de heurter sa nouvelle sensibilité, ce qui a eu pour premier fâcheux résultat d'amener Joyce, agacée par la philosophie « simpliste » de son mari, à s'éloigner complètement de lui, puisque désormais il vit, lui, pratiquement tout le temps à l'hôpital, et qu'elle, de son côté, habitant toujours leur villa de fonction mise à leur disposition par le Roi, ne met plus les pieds sur le lieu de travail de Dick, et ne le voit, par conséquent, pour ainsi dire plus. C'est cette même récente orientation spirituelle de mon ami qui le conduit maintenant à condamner sans difficulté et irrévocablement ce qui se passe dans la ville la plus sainte de l'Islam. Cependant, confronté à ce qui, pour la deuxième fois, s'annonce comme une tragédie dans sa vie, il ne va pas tarder à réaliser que même si son attitude est ferme, sans appel, c'est un fait qu'elle procède d'idées préconçues, plutôt vagues, et c'est pourquoi, en pensant à son gendre et à la nouvelle situation à laquelle « Hutchinson » semblait insidieusement faire allusion, il aurait souhaité pouvoir disposer davantage d'informations sur la nature exacte des événements, car, à cause de son désintérêt de principe pour la politique en général, et la politique en Arabie en particulier, il n'a pas vraiment très bien suivi l'actualité.

« Ah, si Hyder était là ! », s'exclame-t-il, s'adressant à lui-même. Oui, mais Hyder, son principal assistant, psychiatre pakistanais formé comme lui à Harvard et qu'il avait amené avec lui de la New York University Medical School, n'est précisément pas là depuis presque un mois. Il est parti en congé et, pour la première fois, sans laisser son adresse à son patron, au grand étonnement de celui-ci qui n'a pas cependant cru devoir insister.

C'est que Hyder, bien que psychiatre comme Dick, est, au contraire de Dick, *obsédé* par la politique qu'il voit partout, ce qui d'ailleurs ne dérange en aucune manière mon ami puisque, de son côté, depuis la mort d'Ann et au nom du... *Rien*, il ne s'en soucie pas le moins du monde, au point même que son approche de la psychiatrie, qu'il a pratiquée jusque-là plutôt dans le cadre d'une tradition freudienne orthodoxe, a commencé à s'en ressentir légèrement, s'infléchissant insensiblement vers un spiritualisme à la Jung, assurément plus en harmonie avec les nouvelles tendances mystiques révélées par la mort d'Ann chez le chef du Service de psychiatrie de l'Hôpital Central de Riyad et psychiatre personnel des princesses arabes, et qui convient sans doute aussi mieux à l'examen du cas de Hajer D., la « Dora » d'Arabie.

Étrange personnage que ce Dr. Hyder, il faut bien le dire, car, dans le même temps qu'il était hanté par la politique et capable de vous tenir des discours sans fin sur les maux du tiers monde et la nécessité de tout changer par la révolution — je l'entends encore, la voix plate et nasillarde, lors de cette première soirée de mon séjour au printemps 1976 chez les Casey à Riyad —, il ne manquait pas une seule prière rituelle. Or, comme l'on sait, pour les musulmans il y en a cinq et quand on travaille, et surtout comme lui dans un hôpital, il n'est pas toujours commode de s'en acquitter. Il se rendait en petit pèlerinage à La Mecque — ou *Omra* — au moins une fois par mois, et, plus surprenant que tout, de la part de quelqu'un qui vous dénichait de la politique partout, il réussissait admirablement, au Service de psychiatrie de l'Hôpital Central de Riyad, à laisser ses convictions et ses théories politiques au vestiaire, si je puis dire, se gardant bien de les mêler à son rôle d'assistant-psychiatre des princesses arabes, rôle dans lequel il se conformait strictement aux vues conservatrices de son patron. Je me souviens bien du Dr. Hyder : la quarantaine, plutôt bel homme, bien bâti, élégance raffinée, un peu snob même, taille élancée, visage imposant, aristocratique, digne au point de paraître hautain, méprisant, surtout si l'on commettait l'imprudence de soulever devant ce fier Pakistanais issu de l'une des plus grandes familles de propriétaires terriens de son pays une objection à ses analyses politiques, le plus souvent brillantes, il me faut l'avouer, d'une rigueur où il était très difficile de déceler la moindre faille. Mais, paradoxalement, ses analyses portaient toujours sur d'*autres* sociétés que l'Arabie. De l'Arabie, pendant toute la soirée où il me fut donné l'occasion d'écouter avec un vif plaisir ce génial censeur de l'injustice et de l'inégalité dans les pays pauvres, pas un mot (tout y étant sans doute parfait), et il avait l'art d'esquiver, de ne pas se laisser entraîner dans une discussion qu'il semblait manifestement s'interdire de façon tout à fait délibérée.

Je me souviens également que Youcif et lui paraissaient, ce soir-là, s'être découvert des affinités, car, à la fin de la soirée, ils donnaient l'impression d'avoir sympathisé, l'intelligence et le brio de l'un ayant sans doute trouvé leur écho dans l'intelligence et le brio de l'autre, et ce devait être, aussi, je me le dis maintenant, instruit par tout ce qui s'est passé depuis, une affaire de sensibilité ethnique, de culture immémoriale, irréductible, irrésistible, une inexorable communauté de destin.

Dick qui m'écrira deux semaines plus tard à Paris, me dira qu'après mon départ de Riyad, Hyder avait réussi à embarquer Youcif pour un voyage avec lui à La Mecque afin d'y accomplir les rites du petit pèlerinage, et que le cofondateur et codirecteur de *Young Democrats*, l'espoir de l'aile gauche du Parti démocrate, était revenu de La Mecque transformé. Ce n'était plus le même Youcif gai, mondain, ouvert, plein d'initiative, mais un Youcif soudain absorbé en lui-même, absent aux choses, à tout, silencieux, taciturne, comme saisi par un rêve intérieur qui ne le quittait plus, et cet état devait durer chez lui pendant plusieurs jours. Il en sortit progressivement, après s'être isolé — pour « écrire », avait-il dit — durant plus de dix-huit heures d'affilée. Dans une autre lettre, Dick me racontera que trois mois après, Youcif était arrivé de nouveau en Arabie avec sa famille, mais cette fois de façon imprévue et pour aller carrément « méditer » pendant presque cinq semaines à La Mecque où le Dr. Hyder l'avait accompagné, au bout de quelques jours, l'y avait laissé et était retourné seul à Riyad s'occuper des princesses. Et jusqu'à la mort d'Ann, Youcif devait refaire le voyage d'Arabie et plus précisément de La Mecque trois autres fois, pour des séjours d'au moins une semaine chaque fois, au grand étonnement de Dick qui trouvait que l'influence religieuse de son assistant sur le mari d'Ann commençait à dépasser un peu les limites du raisonnable, car sa pauvre fille ne devait pratiquement plus revoir son époux sitôt leurs valises déposées à la villa et jusqu'au jour du départ pour New York.

« Ah, si Hyder était ici ! », se répète Dick à lui-même, en fouillant nerveusement dans ses poches à la recherche d'une allumette pour ranimer sa pipe, de nouveau défaillante. « Ah, si Hyder était ici ! », continue-t-il, désespéré de ne pas trouver d'allumette, son énorme chevelure blanche, plus blanche que jamais, ramenée maintenant presque entièrement en arrière, dégageant ainsi son vaste et superbe front où les rides semblent avoir, ces derniers temps, la tâche facile. Si Hyder était là, il pourrait au moins apporter un éclairage un peu plus concret, un peu plus intelligent sur ce qui se trame à La Mecque ; fournir une analyse un peu plus détaillée que celle de Dick qui manifestement ne sait juger des choses politiques, et surtout de la politique en Arabie, qu'à partir d'*a priori,* d'idées préconçues vagues, peut-être d'un intérêt pour les mystiques et les adorateurs du Rien, mais d'aucune utilité pour quelqu'un comme lui qui voudrait comprendre comment, à un moment où le pays fait face à une sédition armée d'un type sans précédent, puisqu'elle a commencé par la prise de la Mosquée Sacrée, le lieu le plus saint de l'Islam, comment à ce moment précis, un agent yankee, ce fils de putain qui se nomme « Hutchinson », peut avoir l'effronterie de venir insinuer que son propre gendre à lui Professor Casey — l'ami de la tribu royale, le contrôleur des âmes de ses princesses — est mêlé, en Arabie, à de la magouille téléguidée par l'espionnage U.S. Il ne manquerait que ça, tiens ! Comme si lui, le pauvre Dick — et le voilà qui se met à s'attendrir une nouvelle fois sur son sort — n'a pas eu en cette année 1979 son lot de malheurs et de problèmes — maudite année inaugurée par la mort de sa chère enfant et ponctuée, depuis, par les difficultés de plus en plus douloureuses avec Joyce.

CHAPITRE 6

La mort d'Ann avait laissé Dick triste pour la vie. On est psychiatre pour les autres : on ne l'est pas pour soi-même. Dick avait beau savoir ce qu'était la signification de la perte essentielle et quels étaient les mécanismes de la dépression résultant d'une telle perte : son savoir pouvait quelque chose pour les autres ; rien pour lui-même. Ce qui est vécu est vécu : le vécu reste dans son essence irréductible à autre chose que lui-même. Cette vérité, Dick, l'éminent psychiatre à qui une mort absurde avait ravi sa seule enfant qu'il adorait, avait dû la vivre pendant des mois dans sa chair, au moment même où il continuait de se comporter en parfait médecin des âmes à l'égard de ses princesses, en thérapeute totalement en possession de lui-même. Il avait pleuré des nuits et des nuits, seul dans son cabinet de travail. Il avait pratiquement cessé de manger pendant des semaines et avait maigri de façon inquiétante, et sans le désert où, profitant de chaque rare moment de liberté qui s'offrait à lui, il allait méditer, ou à la quête de sa « gloire des sables » après le moindre orage, ou le plus souvent encore tout simplement errer des heures durant sous le soleil d'Arabie qui calcinait tout, implorant Dieu de lui prodiguer un peu d'apaisement pour sa peine, ou de faire en sorte qu'Il le rappelât le plus tôt possible à Lui pour qu'il rejoignît sa chère enfant — sans cette communion ardente avec le désert qui avait fini par calmer progressivement son cœur meurtri, mon infortuné ami serait certainement devenu fou et toute sa science ne lui aurait été d'aucun secours.

Cependant d'Ann, et de son éclatante image, restait Amel. Il lui restait à lui, Dick, Amel, comme raison de vivre, et quel bonheur il avait ressenti quand Youcif, trois semaines avant l'invraisemblable conversation de mon ami avec « Hutchinson », avait téléphoné de New York pour annoncer, de façon inespérée pour Dick, qu'il arrivait le lendemain même avec Amel. Dick, en effet, n'avait pas revu sa petite-fille depuis les obsèques de sa mère, ses responsabilités à l'hôpital l'empêchant de s'absenter de Riyad pour plus de deux ou trois jours consécutifs au maximum. Mais Amel manquait à Dick au-delà de toute mesure, et si mon pauvre ami, en cette période où sa souffrance était intolérable, avait pu voir sa petite-fille, sa vue lui aurait incontestablement procuré un peu de soulagement. Il avait écrit à Youcif pour lui demander de faire de son mieux pour venir avec Amel passer ne fût-ce que quelques jours à Riyad, mais Youcif avait répondu que c'était impossible. Aussi quel fut le bonheur de Dick quand son gendre, de manière absolument inattendue encore vingt-quatre heures plus tôt, avait, accompagné d'Amel, émergé de la foule des voyageurs à l'aéroport international de Riyad !

Mais quel Youcif! Méconnaissable. Dick, maintenant seul dans son cabinet de travail après l'incroyable conversation téléphonique avec « Hutchinson », à la rue des Changeurs, s'en souvient bien. Oui, un Youcif absolument méconnaissable, tellement il avait changé : son visage fin devenu plus ascétique que jamais ; le profil, de nature émacié, désormais aérien, terrifiant ; les yeux de l'homme volontaire qu'il a toujours été paraissant ce jour-là comme enflammés de résolution, insupportables lorsqu'ils vous fixaient, — on aurait dit qu'ils entendaient vous transpercer, vous pulvériser, comme si toute la douleur qu'avait été pour le gendre de Dick la mort d'Ann s'était concentrée pour se transformer en feu qui tuait. Car tel était le regard dont se souvient à cette heure de la nuit Dick, ce regard que jetait Youcif sur les gens autour de lui, des pèlerins, pour la plupart, qui se rendaient du monde entier à La Mecque : un véritable feu qui menaçait de tuer, et ce n'est qu'au contact de Dick, les formalités de police et de douane enfin terminées — et elles avaient été plus longues que d'habitude —, Dick et lui s'étant avancés pour se jeter dans les bras l'un de l'autre pendant que Joyce s'occupait d'Amel, que ce feu redoutable, porteur de mort, avait subitement fondu en flots incontrôlables de larmes et que les sanglots d'un enfant à qui on avait infligé la plus terrible cruauté avaient éclaté. Dick n'avait jamais vu Youcif pleurer ; mais, voilà : Youcif pleurait, abondamment, sanglotait tel un enfant. Ann était inoubliable... Ann était inoubliable... et la vie sans elle n'était que larmes et sanglots...

Dick, lui aussi, avait pleuré ; lui, aussi, était inconsolable, même si, avant la vue de Youcif et d'Amel, le psychiatre qu'il était se retenait d'ordinaire de donner libre cours à sa peine, à ses larmes et à ses sanglots hors la nuit et la solitude des rideaux tirés de son cabinet de travail. Mais d'Ann tout de même il restait Amel et Amel c'était là la promesse d'un peu de bonheur, c'était *l'espoir,* comme le proclamait si éloquemment son nom arabe, et Dick maintenant se souvient, les larmes inondant ses yeux, comment, à l'apparition de sa petite-fille aux côtés de son père parmi la foule chaotique des pèlerins pressés de se retrouver à la Mosquée Sacrée de La Mecque, il avait, en même temps que sa peine, ressenti un infini bonheur, un bonheur irrésistible, plus fort même que sa peine, car la fillette souriante, élancée, blonde aux grands yeux bleu-vert, à l'épaisse chevelure d'or lui tombant en grosses vagues désordonnées sur le dos, cette fillette qui, tel un miracle, venait de surgir, trottinant allégrement aux côtés de Youcif, c'était une petite Ann telle que Dick se souvenait de sa fille quand elle avait l'âge d'Amel en cet après-midi de l'automne 1979, à l'aéroport international de Riyad...

Les images de tous les passés affluent, toutes à la fois, pêle-mêle, submergent Dick. La nuit, dehors, sans doute avance, mais c'est pour lui, à présent, l'heure de l'absolue solitude, des souvenirs et de la peine hors lesquels rien d'autre n'existe, ni le monde extérieur, ni même « Hutchinson » — rien, sauf quelques interrogations, d'abord confuses. Dick revoit les obsèques de sa fille et ces jours d'annihilante affliction à New York. Une chose le hante ; il est resté hanté par le désarroi et le désespoir de

Youcif. Une copie de sa lettre à moi, écrite au lendemain des obsèques d'Ann — cette lettre arrivée en mon absence, à Paris, alors que j'étais à Mantoue, en Italie, pour un reportage et dont j'ai donné les principaux passages —, est parmi ses papiers, comme tant d'autres reliques brûlantes de ce passé-là qu'elles conservent ainsi vivant, toujours actuel dans la mémoire de Dick, toujours objet de ses larmes et de ses sanglots prompts à se libérer dans la solitude de la nuit et des rideaux tirés, comme en ce moment. Il retrouve la lettre et la sort et relit, se souvenant très bien de nouveau du désarroi et du désespoir de son gendre. Mais tout comme hier, la question reste posée. Désarroi ? Désespoir ? « ... *Sans doute les termes les moins adéquats pour décrire correctement l'état de mon gendre durant ces tristes jours. Bien sûr, il était dans un désarroi total ; bien sûr, il était désespéré au-delà de toute imagination — et qui ne l'aurait été à sa place ? Mais il donnait surtout l'impression de quelqu'un de traqué, de sérieusement menacé, comme si Ann, quand elle était encore vivante, le protégeait d'un certain danger, un danger grave, et qu'avec sa mort il se trouvait soudain abandonné à lui-même, sans défense, vulnérable...* »

Désarroi et désespoir... Youcif traqué... Traqué ? Youcif qui sanglotait à l'aéroport de Riyad, voici trois semaines, et pour qui Ann était inoubliable... Mais alors pourquoi, lui, Dick, avait-il usé, dix mois plus tôt, d'un mot, qui, lorsqu'on y réfléchit bien, sonne si étrange, si mal à propos dans le contexte du deuil d'un mari amoureux pour sa bien-aimée morte dans un accident de voiture. Il est vrai qu'il n'avait pas vu Youcif pleurer une seule fois au cours des obsèques, et c'est sans doute pour cela qu'à son propos, pense Dick maintenant, il n'avait pas consigné dans sa lettre à moi un verbe tel que « pleurer », par exemple, ou tout autre terme évoquant les manifestations courantes de l'affliction. Non, il avait écrit : « traqué ». Au fil de la plume il avait écrit : « *Il donnait surtout l'impression de quelqu'un de traqué, de sérieusement menacé...* » Bien, mais traqué par qui ? Menacé par qui ? Car si quelqu'un vous donne l'impression, et surtout au moment où une telle impression peut paraître si mal convenir à la situation, comme c'était le cas il y avait dix mois à New York, prouvant ainsi, par son caractère irrépressible, sa force chez celui de qui elle émane, — si l'impression que laisse chez vous une telle personne est celle de quelqu'un de traqué, de menacé, ne seriez-vous pas naturellement amené, un jour ou l'autre, à vous demander, à demander : « Mais traquée, menacée par qui ? Par qui cette personne qui donne *l'impression* d'être traquée, menacée, est-elle *effectivement* traquée, menacée ? », et c'est bien la question que Dick, à présent, se trouve se poser à lui-même et qu'il ne se serait sans doute pas posée à cet instant même, à cette heure si avancée de la nuit d'Arabie, avec subitement une telle singulière clarté s'il ne s'était pas en fait senti, depuis la fin de l'après-midi, depuis son rendez-vous téléphonique de la rue des Changeurs, à ce point bouleversé par toute l'affaire « Hutchinson ». Et si, par exemple, le Dr. Hyder était là, si Dick pouvait le joindre, il est certain qu'il n'hésiterait pas à lui demander, lui qui avait l'air jusqu'à la mort d'Ann d'exercer une telle influence religieuse sur Youcif, si par hasard il savait par qui Youcif était — *est* peut-être encore — menacé, ainsi que semble le faire craindre ce misérable espion « Hutchinson ».

Voilà, alors, les souvenirs de Dick soudain soumis à un éclairage nouveau et combien troublant : celui de cette menace qui pesait, qui pèserait hélas ! encore sur son gendre, et voilà que du coup certains aspects du comportement de Youcif depuis la mort d'Ann qui n'avaient pas jusque-là retenu outre mesure l'attention de Dick, les voilà qui reviennent à la mémoire de mon ami pour l'obséder, le tourmenter.

Il y a, en premier lieu, ceci : tout de suite après les obsèques d'Ann, Youcif avait proposé — autrement dit : sans attendre que ce fût Joyce qui le fît — que toute la famille partît le jour même, et si possible immédiatement, pour Nantucket, à Cape Cod, et en emmenant Amel, Amel dont, pourtant, la rentrée à l'école approchait, les vacances de Noël ayant pratiquement atteint leur terme. Trop affecté par la mort de sa fille pour être capable de déceler autour de lui une quelconque nuance dans les attitudes de ses proches les uns à l'égard des autres, Dick n'avait, sur le moment, rien relevé de particulier dans celle de son gendre vis-à-vis de Joyce, n'y voyant au contraire qu'un désir naturel de paix et de méditation, à Cape Cod, au bord de l'océan et dans la compagnie de ceux qui partageaient sa douleur, de la part de quelqu'un que le destin venait de frapper si durement. Mais tout de même ! Youcif qui appelait *de lui-même* au départ pour Cape Cod ! *Immédiatement* ! Avec *Joyce* ! En *emmenant Amel* ! Et sachant bien que Dick ne serait sans doute en mesure de rester avec eux, au Cap, que quelques jours au maximum, et que par conséquent lui, Youcif, se retrouverait inéluctablement en *tête-à-tête* avec Joyce pendant un certain temps — et c'est ce qui arriverait ! En pensant à tout cela ce soir, après les événements de cet après-midi, Dick n'y trouve soudain que multiples sujets d'étonnement. D'abord, et outre le fait que le séjour d'Amel au Cap signifiait qu'elle manquerait l'école quelques semaines, en décidant le voyage pour Nantucket presque tout de suite après une tragédie qui venait de bouleverser complètement l'organisation, à Manhattan, de sa vie et celle de sa fille, sur le bien-être quotidien de qui il serait désormais seul à veiller, Youcif montrait ainsi qu'il se souciait peu de remédier aux conséquences pratiques les plus sérieuses qui découlaient de la mort subite de sa femme, de faire au moins le nécessaire pour qu'Amel pût continuer à aller sans trop de problèmes à l'école, et lui, bien entendu se rendre à *Young Democrats*. C'était ainsi, de sa part, faire preuve d'un curieux sens de la responsabilité, sauf évidemment si l'on suppose, pense Dick, qu'en se hâtant de quitter Manhattan à tout prix, Youcif se hâtait en réalité de fuir un danger qui désormais les talonnerait, sa fille et lui, après avoir, qui sait, emporté sa femme...

Fuir Manhattan à tout prix, au prix même d'avoir à cohabiter avec Joyce, à l'affronter dans un long, pénible et éprouvant face à face de quelques semaines, le premier de sa vie, sans, cette fois, la présence modératrice d'Ann, ni celle de Dick qu'il savait pertinemment exclue au-delà de quelques jours. C'est que Youcif et Joyce — à cette heure de l'inévitable vérité, Dick est prêt à l'admettre — ne se sont jamais vraiment aimés, jamais faits l'un à l'autre, jamais acceptés l'un l'autre, quelque chose dans le caractère (« excessivement inquisiteur ») et dans la façon d'être (« tristement frivole ») de Joyce irritant profondément Youcif dont, pour sa part, la femme de Dick n'appréciait ni la « trop grande assurance », ni ce qu'elle appelait avec dédain son « orgueil démesuré ».

Les récriminations entre la belle-mère et son gendre avaient toujours eu pour motif, bien entendu, Ann, même si, dans les dernières années, la pauvre jeune femme n'était plus invoquée qu'indirectement, subtilement, dans les échanges parfois cinglants entre ses deux proches. Pourquoi Ann ? Femme du monde, issue d'une ancienne et riche lignée de célèbres banquiers de la Nouvelle-Angleterre, Joyce, dès le départ, n'était pas très favorable à l'entrée d'un « inconnu », de surcroît un « étranger » et un « subversif », dans leur famille, même si, par ses réussites intellectuelles, Youcif n'avait rien d'un inconnu, par le comportement rien d'un non-Américain, et par l'idéologie rien qui pût lui interdire d'espérer sérieusement exercer un jour des responsabilités d'un niveau respectable au sein d'une administration démocrate qui serait fidèle aux idéaux de Wilson, de F. D. Roosevelt et J. F. Kennedy. Non, Joyce eût sans doute souhaité pour sa fille une union davantage conforme à la tradition de ses ancêtres, avec beaucoup d'argent, une assise *W.A.S.P.* confirmée, reconnue, et des idées un peu plus « américaines », ce qui signifiait dans le langage de Joyce un peu plus *conservatrices*. Mais cela n'ayant pas été, et Ann ayant décidé pour elle-même, Joyce était malheureuse de voir sa fille progressivement renoncer à tout ce qui avait fait son enfance et son adolescence et mêmes ses premières années d'université, avant de connaître Youcif ; non seulement y renoncer, mais même, finalement, le rejeter avec un dur mépris, un inqualifiable dégoût, ne jurant désormais que par les idées et les styles de vie les plus insensés, faits de tendances anarchisantes, anti-Amérique, anti-establishment ; d'indulgence sexuelle ; de paradis artificiels procurés par les drogues les plus variées et souvent aussi les plus dangereuses ; ainsi que de modestie quant au confort matériel et aux apparences en général, ces apparences auxquelles Joyce, précisément, tenait tant, tient toujours et même plus qu'à tout, en définitive.

Ce qu'elle ignorait, évidemment, ou plutôt s'obstinait à ne pas croire, c'est que Youcif lui aussi pût être *contre* certains aspects *infantiles* de la conduite d'Ann qui lui était apparue, au moment où il venait juste de la séduire, comme une mignonne et sympathique gosse de riches, un peu irresponsable, pour qui être révolutionnaire était également une *mode* que tout gosse de riches était tenu d'adopter, de vivre à fond, si nécessaire en cambriolant quelques banques par-ci, par-là, s'il voulait, en bon gosse de riches, être de son temps, idéal auquel précisément tous les gosses de riches ont tendance — n'est-il pas vrai ? — à aspirer avec la conviction que cela fait partie de leur destinée. Et ce que Joyce n'avait jamais voulu reconnaître c'est que sans Youcif, qui avait pu, grâce à son intelligence, à son expérience, à sa force d'âme et à son peu de tolérance pour ce qu'il appelait l' « inessentiel », guider graduellement Ann vers ce qu'elle recherchait confusément mais qu'elle risquait de manquer à trop longtemps se fourvoyer dans ce qui n'en offrait, en cette fin des années 60 en Amérique, que la caricaturale et bien piètre apparence — sans cette amoureuse, lente et dévouée action de Youcif, Ann n'aurait jamais évolué de la manière heureuse et si attachante qui fut la sienne et dont son père était, je me souviens, si fier.

Quoi qu'il en soit, étendu sur le canapé en velours bleu turquoise assorti à la couleur des rideaux qui fait face à sa table de travail sur laquelle s'amoncellent travaux psychiatriques, lettres personnelles et autres témoignages brûlants de ses multiples passés qu'on dirait tous ensemble liguées à cette heure de la nuit contre lui et joignant leur force à celle de « Hutchinson » pour le tourmenter — légèrement assoupi sur ce canapé qui lui a souvent servi de lit ces derniers mois, loin de Joyce, Dick réalise maintenant que si Youcif avait pris le risque du départ pour Nantucket, ce ne devait pas être simplement pour satisfaire, au terme de dures épreuves, un besoin naturel de paix et de recueillement, mais aussi et surtout, sans doute, parce qu'*il n'avait pas le choix,* parce que sans doute il devait, avec Amel, fuir Manhattan et la menace qui vraisemblablement avait d'abord frappé Ann et désormais les guettait à leur tour et dont il leur fallait dès lors se faire oublier, pour un certain temps au moins.

Autre indice troublant : Youcif revient de Nantucket à Manhattan, avec Amel, au bout de cinq semaines — oui, *cinq* semaines pendant lesquelles Amel n'est pas allée à l'école ! — en même temps que Joyce retourne en Arabie, et que fait-il ? Il téléphone, deux jours après, à Riyad, pour donner à ses beaux-parents sa... *nouvelle adresse* ! Et quelle adresse ? *Un numéro de boîte postale* : rien de plus, et le vague complet sur le quartier où il vient d'emménager, sur le genre d'appartement qu'ils occupent, sur le fait de savoir si Amel fréquente toujours son école internationale de la 51st Street et la First Avenue. Pas la moindre précision, même pas un numéro de téléphone personnel, et il demande, en outre, à ses beaux-parents, sur le ton le plus ferme, de ne plus lui téléphoner dorénavant à *Young Democrats* et d'attendre que ce soit plutôt lui qui leur téléphone. De quoi faire exploser Joyce de rage et raviver son ressentiment à l'encontre de quelqu'un qu'elle estime être responsable de tous les malheurs de sa famille, y compris de la dégradation nette de ses rapports avec son mari qu'elle eût souhaité moins complaisant vis-à-vis de son gendre, moins admiratif, moins fasciné par lui.

Et ceci qui ne soulève pas moins de questions : trois semaines avant l'apparition de « Hutchinson », voilà Youcif qui arrive à Riyad, pour la première fois depuis la mort d'Ann et alors qu'il est parfaitement conscient du grand intérêt, pour ne pas dire plus, que pouvaient ressentir ses beaux-parents, et surtout Dick, pour sa visite. Or, il passe cette nuit avec eux, ainsi que la journée du lendemain, pour soudain annoncer, le soir, qu'il devra les quitter le jour d'après pour se rendre cette fois-ci, non point, comme d'habitude à La Mecque, mais à Djeddah. Pourquoi Djeddah ? Mystère total... « Pour voir des amis »... comme si ces « amis » étaient, dans de pareilles circonstances, plus importants pour lui que ses beaux-parents qui avaient tant envie qu'il reste.
— Et pour combien de temps ? — « Oh, une, deux

semaines, peut-être plus. Mais veillez sur Amel », et répétant encore, absent : « Veillez sur Amel. Oui, je compte sur vous pour veiller sur ma fille. »

Veillez sur Amel : mais qu'est-ce que cela voulait dire ? Bien sûr que ses beaux-parents veilleront sur leur petite-fille, sans attendre que lui, Youcif, le leur demande avec une telle ferveur, une telle tristesse évidente dans la voix. Il allait de soi qu'ils veilleront toujours, tant qu'ils seront vivants, et au-delà grâce à leur fortune, sur la fille d'Ann. Pourquoi alors Youcif, que Dick tenait pour un être intelligent et sensible, devait-il se sentir subitement obligé de mettre l'accent sur ce qui allait de soi ?

Et, en effet, le jour suivant il était parti, et depuis ce jour-là aucune nouvelle, pas un mot, pas un coup de fil, comme si sa fille n'existait plus pour lui. Aucune nouvelle — la première information à son sujet venant cet après-midi de novembre 1979 d'un agent U.S.

Dick se rend alors compte qu'il aurait peut-être dû insister davantage pour faire parler son gendre ce soir de leur arrivée, sa fille et lui, de New York, quand, après le dîner — le premier dîner de la famille à Riyad sans Ann et dont on peut imaginer le silence et la désolation —, il s'était retiré avec lui dans la bibliothèque pour fumer une pipe et bavarder un peu, sans la présence de Joyce, dans l'espoir que Youcif dirait peut-être quelque chose d'un peu plus précis sur sa nouvelle vie depuis la tragédie de Rye. Mais Youcif était resté aussi évasif qu'au cours des dix derniers mois, au téléphone ou dans ses lettres. Oui, ils ont bien déménagé de leur ancien appartement du 300 East 51st Street et ils habitent de nouveau Greenwich Village — mais pourquoi et où, au Village ? Là, Dick rencontrait une réticence certaine qui l'obligeait à se taire, comme s'il se heurtait à un secret d'ordre très personnel. Oui, Amel travaille bien à l'école, la mort d'Ann ne semblant pas avoir trop perturbé les choses de ce côté-là — mais quelle école, toujours la même ? Celle de la 51st Street et de la First Avenue, ou une autre ? — Oh, une autre école privée, quelque part au Village... Qui prend soin d'Amel, qui l'emmène à l'école, comment en un mot se déroule leur vie ? Par le caractère général de ses réponses, Youcif montrait qu'il n'avait visiblement pas très envie de s'étendre sur tout cela, ni d'ailleurs sur quoi que ce soit d'autre, sur des sujets touchant moins à sa vie privée, par exemple, telles que ses activités à *Young Democrats* à la veille d'une campagne présidentielle en principe si importante pour lui puisque le candidat de ses rêves, Ted Kennedy, s'apprêtait à entrer avec résolution dans la bataille. Dick avait attribué à la fatigue du voyage le peu d'empressement de son gendre à l'éclairer sur les conséquences pratiques de la mort d'Ann sur leur vie à lui et à Amel, et il s'était dit, ne sachant pas évidemment, ce soir-là, que Youcif allait les quitter le surlendemain même pour « Djeddah », que ce serait sans doute mieux d'attendre, qu'il n'était pas sage de vouloir brusquer les choses, que dès qu'il se serait de nouveau senti à l'aise avec ses beaux-parents et surtout avec lui, Dick, Youcif finirait par déchirer de lui-même ce voile de secret si peu normal quand on songe qu'il concernait des informations dont l'échange serait la chose la plus naturelle, la plus légitime entre les membres d'une même famille éprouvés par le même malheur.

Mais voilà, il était parti pour « Djeddah », emportant avec lui mille énigmes qui ne seront peut-être jamais éclaircies, Dick le craint. Mille mystères plus inquiétants les uns que les autres, mais peut-être celui-ci, considéré à la lumière des événements de l'après-midi et de la conversation avec « Hutchinson », est-il le plus angoissant de tous. C'est Joyce qui avait raconté ce qui s'était passé à Dick, alors à l'hôpital, tandis que son gendre, et c'était tard le matin, s'apprêtait à les quitter. Voici ce que Joyce avait rapporté à son mari : ce matin-là comme elle cherchait Amel pour lui demander si elle avait envie d'une collation et ne l'avait pas trouvée dans sa chambre ni au salon, elle s'était dirigée vers la chambre de Youcif, lorsque soudain des mots bizarres étaient venus frapper ses oreilles, des bribes de phrases que répétait... Amel avec application et une nette tension dans la voix qu'on sentait troublée, des bribes de phrases telles que : « ... jamais le mal... », ou : « ... grandirai pour être digne de mon père... », ou encore : « ... je n'oublierai jamais qui je suis, ni qui fut mon père... ». Avançant sur la pointe des pieds pour regarder de plus près mais de façon à ne pas interrompre la scène ni être vue, Joyce avait alors assisté à un spectacle étonnant, invraisemblable : Youcif, complètement transformé, sans trace de fatigue, de désarroi, ni de tristesse, ni aucun autre signe de détresse sur le visage, mais au contraire resplendissant de vigueur et plus sûr que jamais de lui-même, l'air cependant solennel, sérieux, très sérieux même, d'un sérieux accentué par une pointe d'émotion difficilement contenue et qui transperçait dans son regard — d'une si touchante tendresse —, dans le ton de sa voix — doux, chuchotant —, Youcif qui semblait manifestement avoir composé avec un soin particulier un personnage de lui-même, un portrait idéal à l'intention de sa petite fille pour qu'elle s'en imprégnât comme pour toujours, comme si elle voyait ainsi son père pour la dernière fois et que cette dernière fois devait être le moment, le grand moment, unique et irremplaçable, où une image de lui devait être fixée pour toute la vie dans la fragile et sensible mémoire d'Amel, — Youcif qui donnait l'impression de quelqu'un qui vivait avec son enfant une expérience incomparable d'absolue communion, défiant totalement temps, pesanteurs sociales, déterminismes historiques, psychologiques ou autres, défiant même le destin et posant, je présume, la figure du père, conscient de sa responsabilité, comme guide ultime, guide suprême dans cette aventure si complexe, si difficile et souvent combien dangereuse que peut être la vie d'une enfant grandissant dans notre monde occidental désormais sans loi, sans âme, sans esprit — oui, Youcif était surpris en train de dire ceci, de toute évidence longuement, mûrement pensé, médité, choisi avec la plus vive attention, à sa fille qu'il regardait tendrement dans les yeux comme s'il lui faisait ses adieux et à qui il demandait avec calme et une grande chaleur dans la voix de répéter après lui : « Je serai comme mon père et mon père n'est pas un Américain comme les autres. Mon père a ses racines ailleurs et quand je serai grande je m'en souviendrai, mais je grandirai aussi pour être digne de mon père.

Je me souviendrai toujours du pays de mon père, le pays des lauriers roses et je grandirai aussi pour m'en rendre digne, pour que mon père soit toujours content de moi, fier de moi dans cette vie comme dans l'autre. Je promets que je me garderai toujours de faire le mal. Je promets que je me garderai toujours de blesser les autres dans leurs sentiments, de les vexer, ou de les mépriser parce qu'ils sont différents de moi par leur couleur, leur langue, leurs coutumes, leurs apparences, ou parce qu'ils sont pauvres. Je promets que je serai toujours du côté des faibles, toujours du côté des pauvres, toujours du côté du vieillard et de l'enfant, toujours du côté de ceux qui ont besoin de justice ou de compassion. Je n'oublierai jamais que ce qui fait la valeur d'une personne c'est son excellence par l'esprit, la pureté de ses intentions, la droiture de son comportement, son effort pour accomplir le bien et hâter le règne de la justice. Je n'oublierai jamais tout cela et je grandirai de façon à être digne de mon père. » C'était un sermon certes des plus nobles, des plus exaltants, mais le tenir à une fillette de huit ans ne pouvait que choquer Joyce, la laisser consternée, incapable d'affirmer avec certitude si celui qui se conduisait ainsi était en parfaite possession de ses facultés, d'autant qu'elle se demandait avec un mélange d'effroi et de révulsion si pendant les dix mois que la pauvre Amel venait de vivre en tête-à-tête avec son père, la malheureuse enfant n'avait pas subi tous les jours ce même calvaire, ce même terrible endoctrinement.

Et si calvaire il y avait, ce catéchisme romantique, à la Rousseau, qualifié par Joyce de « totalitaire et puéril », ne devait assurément pas en constituer le seul élément ni le plus regrettable non plus, car après le départ de son père, la pauvre fillette avait raconté des choses horrifiantes concernant leur voisine de l'appartement au-dessus du leur, à Greenwich Village, une vieille dame, très, très vieille, semble-t-il, qu'elle appelait « Tante Martha », et qui aurait été tuée chez elle par l'explosion d'une bombe jetée de l'immeuble contigu au leur. Cela se serait produit la veille de leur départ précipité pour l'Arabie. C'était un dimanche après-midi. Elle et son père étaient en train de regarder la télévision, quand subitement une terrifiante détonation avait eu lieu, faisant voler en éclats les vitres de leurs fenêtres, et tout vibrer autour d'eux, en même temps que son père s'emparait brutalement d'elle, la serrant si fortement dans ses bras au point de lui faire mal, tremblant de peur pour elle et n'arrêtant pas de lui demander : « Tu n'as rien, ma chérie ? tu n'as rien, ma chérie ? », comme si c'était elle que visait la bombe. Quelques minutes après, les sirènes de la police et des pompiers mugissaient et voitures et camions toujours hurlant ne tardaient pas à déferler en trombe dans leur rue, Morton Street, convergeant sur leur maison, une brownstone en briques vert olive de quatre étages dont ils occupaient le troisième et « Tante Martha » le dernier. Son père avait l'air ébranlé, d'après Amel. Il était livide et continuait de la serrer contre lui, comme s'il avait peur pour elle, ne la lâchant pas un instant, même pas pour aller regarder par la fenêtre ce qui se passait en bas : l'agitation, le ululement des sirènes, le brouhaha de la foule qui se rassemblait sur les lieux du drame. Quelque temps après, la police était montée chez eux, et son père avait d'abord refusé d'ouvrir la porte, et ce n'est qu'après s'être assuré que c'était bien des policiers qu'il les avait laissés entrer. Les trois policiers avaient dit à son père que « Tante Martha » était morte, c'était chez elle qu'avait explosé la bombe jetée de la maison à côté, et elle venait d'être tuée, « sans doute par erreur, avaient ajouté les policiers, car qui pourrait bien en vouloir à une si vieille dame ? ». Amel avait pleuré et elle n'avait pas cessé de pleurer ce soir-là, et la nuit elle avait eu des cauchemars, car elle était très attachée à « Tante Martha » chez qui elle se rendait souvent pour jouer et qui venait souvent chez eux aussi. Pourtant, au début, son père et « Tante Martha » ne s'aimaient pas du tout, son père trouvant que leur voisine faisait trop de bruit, la nuit, et tirait trop souvent la chasse d'eau, ce qui les empêchait de dormir. Ce même soir, alors qu'elle commençait à se préparer pour aller au lit, son père lui avait annoncé qu'ils iraient passer la nuit chez des amis et que le lendemain ils partiraient pour l'Arabie. Il avait auparavant téléphoné à quelqu'un, et Amel s'était souvenue, en racontant la scène, avoir distinctement entendu son père dire à cette personne — cette personne qui viendra ensuite les chercher dans sa voiture et, le lendemain, les emmènera à l'aéroport et leur remettra leur billet et leur passeport : un monsieur très grand, blond, élégant, très bien quoi, dont la façon de parler rappelait un peu, s'était également souvenue Amel, celle de grand-père, avec presque le même accent bostonien — oui, Amel avait entendu Youcif dire à ce monsieur au téléphone : « Yes, Professor, I'm ready. Let hell break loose ! ». — Oui, Professor, je suis prêt. Que se déchaîne l'enfer !

Sans doute le même « Professor » des services spéciaux yankee, se dit Dick, étendu sur son sofa dans la nuit.

Le même « Professor », bien évidemment.
« Professor Hutchinson », qui venait de téléphoner à Dick à son hôpital, alors que, préoccupé par les troubles de la princesse Hajer D. aux immenses yeux noirs, mon ami interrogeait le « cas de Dora ».
Le même « Professor » auteur du petit mot glissé sous la tasse de thé servie à Dick par l'infirmière philippine au Salon Dior de l'Hôpital Central de Riyad...
Son correspondant téléphonique de la rue des Changeurs dans l'échoppe de l'affreux Yéménite...
L'homme, enfin, qui viendra le lendemain, pendant qu'à La Mecque tombait le rideau sur des événements parmi les plus graves de notre temps, annoncer à Dick, à l'endroit et à l'heure convenus, dans le plus grand secret et au terme d'un jeu compliqué de précautions, ni plus ni moins que la mort de son gendre parmi les insurgés de la Mosquée Sacrée mais aussi qu'ils allaient être immédiatement expulsés d'Arabie, lui, Dick, et le reste de sa famille.
Cette Arabie si importante dans la vie de mon

malheureux ami. Terre de la « gloire des sables ».
Terre où il était venu oublier une peine ancienne et
dans son désert chercher la paix.

Oui, cette Arabie...

CHAPITRE 7

« Quel monde ! », se dit Dick, toujours étendu sur le canapé de son bureau de travail et qui, à ce point de ses tourments, semble douter absolument de tout, car qui eût pu croire que Youcif se conduirait comme il l'a fait ? Mais au moment où il va presque succomber au doute, et comme pour ranimer sa foi dans le genre humain, éclate la voix du muezzin appelant à la première prière rituelle de la journée, celle d'*Al-Fajr,* celle de l'aube. La voix déchire la nuit, portée par de puissants haut-parleurs (« sans doute de fabrication yankee », pense Dick) : « *Allahou - Akbar - Allahou Akbar !* »

La voix de l'Abstrait qui tonne : « Vos petites peines, humains, et vos misérables et futiles interrogations ne sont rien. Ni vos insignifiantes amours, ni aucun autre de vos innombrables et vains sentiments. Soyez géomètres, soyez calligraphes : tendez vers le Pur. N'adorez que Moi, et votre âme connaîtra la paix pour l'éternité ! »

La fascination exercée sur Dick par certains styles de calligraphie arabe, le seul art dans lequel l'Islam ait vraiment excellé et précisément pour célébrer l'Abstrait *abstraitement* et sans la moindre concession à un quelconque pathos humain, cette emprise de l'ineffable calligraphique sur l'esprit et l'imagination de Dick trouve sans doute sa racine dans ce besoin, profond chez lui et qui fut toujours là, même s'il était silencieux et acquiesçant, de dénuement, de rigueur et de calme soumission à la nécessité, et ce n'est pas sans un tressaillement à peine caché, un tressaillement de bonheur, il va sans dire, il s'en souvient encore vivement, qu'il avait accueilli les premières démarches faites auprès de lui par le State Department qui entendait le sonder pour déterminer s'il serait intéressé par l'offre que le Roi s'apprêterait discrètement à lui faire de venir occuper le poste de chef du Service de psychiatrie de l'Hôpital Central de Riyad et de psychiatre personnel des princesses arabes. Dénuement, rigueur et humble soumission à la nécessité : il ne doute nullement que malgré les apparences ce soit encore cet idéal qui constitue l'âme de l'Arabie. Cette Arabie qui, à ses yeux, reste d'abord et avant tout la patrie de l'Abstrait, de ce Rien qui appelle à la prière. Cette Arabie qui pour lui, Dick, reste ce désert où, après la moindre goutte de pluie s'épanouit sa précieuse et tendre fleur, fragile et incomparable, mémoire secrète d'une autre beauté gardée jalousement lumineuse au fond du cœur de Dick, miroir d'une splendeur passée, d'un amour miraculeux, merveilleux mais impossible d'autrefois, l'amour de Kerry Crawford, dont il va dans la solitude du désert et la solitude de son cœur, et chaque fois qu'il peut s'échapper de l'Hôpital Central de Riyad, tenter de retrouver le magique souvenir dans la corolle mauve de la « gloire des sables ».

La voix du muezzin traîne sa languissante et

mélancolique mélopée dans les replis chauds et légèrement humides d'une nuit surprise en train de s'ébrouer et qui doit bientôt faire ses adieux à cette terre du désert, et Dick qui accompagnait silencieusement, les yeux fermés, la mélodie divine touchant nostalgiquement à sa fin dans l'aube teintée de rose, rouvre les yeux et porte le regard sur la magnifique et envoûtante composition calligraphique bleu turquoise, de style *Kûfi qarmate*, célébrant Allah, présent du Roi, accroché en retrait à droite d'une bibliothèque en acajou, à la place où a trôné pendant plus de deux ans, majestueux, émouvant, communiquant un sentiment d'infinie tristesse, le célèbre tableau d'Edward Hopper, *Early Sunday Morning*, que Dick avait réussi à faire acheter par l'Hôpital pour décorer son cabinet de travail et qui fait maintenant la fierté du ministère arabe de l'Éducation.

« Vos insignifiantes peines et vos misérables interrogations... » Et pourquoi, fait Dick, ne pas ajouter, tant qu'on y est : vos inoubliables et tragiques amours et vos chagrins qui finiront par venir à bout des soubresauts de votre passé et vous réduiront en cendres ? Sûr : le Tout-Puissant, l'Omniscient, le Miséricordieux et tout le tralala, Lui pourrait sans doute y faire quelque chose, comme on jette un seau d'eau sur les braises ardentes pour les éteindre ou comme cette calligraphie vise à la parfaite et indifférente pureté et Le célèbre en gommant tout pathos.

« Vos chagrins, vos chagrins... Je les guéris, Je les éteins pour toujours par la calligraphie glaciale... » Thérapie radicale du Tout-Puissant qui sait à quoi s'en tenir dès qu'il s'agit du pathos des gens d'ici-bas. Légèrement différente, continue Dick en lui-même, qu'on me l'accorde, de l'effet néfaste de ces *Concerti Grossi* de Domenico Scarlatti, par exemple, qu'un amoureux — l'un de mes patients d'autrefois à New York — naturellement non pénétré de l'esprit de soumission islamique, ne pouvait écouter sans se remettre à rêver de ses amours blessés d'antan, écrivant à sa belle : « *... bien qu'au souvenir de ce que tu fus pour moi, parfois tu me manques. Comme ce soir, en écoutant les Concerti Grossi de Scarlatti... Je les ai souvent écoutés cet automne en pensant à toi après les avoir écoutés tant de fois l'été, tard dans la nuit, avec toi, et pour moi leur beauté claire mais délicate et quelque peu mélancolique c'est un peu l'été finissant et c'est toi : belle, souriante, de compagnie agréable et avec qui j'éprouvais un tel plaisir de partager tout ce qui faisait vibrer mon être...* »...

Dick se souvient comment il s'est hâté, dès que le Roi la lui avait offerte, de remplacer ce feu dévorant qu'avait été pour lui, il y avait plus de vingt ans et le restait encore, quoique moins brûlant, le tableau de Hopper, par l'œuvre divine à la beauté lunaire, glaciale, apaisante et nécessaire que fixent à cet instant ses yeux fatigués.

Oui, c'était il y a plus de vingt ans... Il était encore jeune et il était alors très amoureux de sa femme et leur couple était — ou tout au moins ainsi lui semblait-il — très uni, ses liens tissés solidement, infailliblement, amoureusement autour de leur petite fille de presque dix ans à l'époque : Ann. Oui, ou tout au moins lui semblait-il que les choses étaient ainsi, que Joyce l'aimait et tenait à lui autant que lui l'aimait et tenait à elle, et il tenait à elle plus

Gloire des sables. 4.

qu'à personne d'autre au monde... Ils avaient tout ce dont ils pouvaient rêver. Ils étaient jeunes, beaux, riches, issus tous les deux de grandes familles bostoniennes, et lui était déjà en train de devenir l'éminent psychiatre de réputation tant nationale qu'internationale, reconnu, admiré et respecté par ses pairs partout en Amérique et dans le monde. Bref leur couple paraissait idéal, le ciel de leur bonheur était pur, sans le moindre nuage. Ou ainsi lui semblait-il... Car justement un jour, le lendemain du Jour de l'An 1957, un après-midi de neige et de vent tranchant à Manhattan, face au tableau de Hopper, *Early Sunday Morning,* devant lequel il s'était immobilisé, au Whitney Museum, pour se laisser dissoudre dans sa mélancolie, rejoint bientôt par Joyce, quelque chose était arrivé qui allait assombrir pour la vie le ciel jusque-là cristallin du bonheur de leur couple et faire que désormais lui, Dick, de façon totalement incompréhensible, sera comme à jamais habité par la mélancolie du tableau d'Edward Hopper et lié à ce tableau par un lien impossible à rompre.

Le voilà : lointain, absent, absorbé dans son admiration du silence, du vide, de la tristesse de cette rue de maisons basses et toutes pareilles en briques rouges qui se réveillent à peine un dimanche...

Et voilà Joyce qui s'arrête près de lui et sans que lui le réalise...

Et voilà que du sac de Joyce s'échappe, se montre, s'étale indécente, outrageante, indignante, humiliante, attristante, tuante, enrageante, la photo d'un homme qui n'est pas lui...

Et voilà que lui, Dick, saisit, en le plus bref des

instants, tout et surtout l'histoire de ces vacances gâchées, misérables, atroces avec Joyce à New York.

Et voilà qu'il renonce, la mort dans l'âme, à l'idée qu'il s'est faite jusque-là du bonheur, mais sent du même coup que quelque chose comme un mystérieux lien d'ordre mystique, ou métaphysique, ou ce que l'on voudra, l'attachera désormais pour toujours à l'ineffable tristesse qui émane du tableau d'Edward Hopper...

Cela faisait une dizaine de jours qu'ils étaient à New York. New York qu'elle attendait — pour vivre pleinement cette expérience avec lui, lui disait-elle à Boston, car elle n'y avait jamais été avant. Qu'il attendait aussi — beaucoup, bien que lui y eût été souvent, mais qu'il attendait cette fois énormément : pour elle, pour lui, avec elle, pour eux deux, pour lui faire aimer notre ville avec tout l'enthousiasme et l'amour qu'il éprouvait pour elle. Dès qu'il lui avait proposé d'aller passer les fêtes de fin d'année à New York, chez leurs amis, les Williams, qui habitaient la Fifth Avenue, en face de Central Park, sans hésiter un instant elle avait dit oui, et ils avaient décidé de se séparer pour la première fois d'Ann pendant ces fêtes et de la laisser chez les parents de Joyce. Mais dès leur arrivée, ces vacances ont commencé à tourner au cauchemar, et voilà que face au tableau de Hopper, *Early Sunday Morning,* au Whitney Museum, tout vient de s'expliquer : la constante mauvaise humeur, les caprices de tout genre, l'évident plaisir à le contrarier, à le contredire, à le ridiculiser même devant leurs amis par des remarques désobligeantes d'une vulgarité à peine voilée, inattendue, incompréhensible, étrange. Oui, et toute l'agressivité et tout le désastre qu'a été depuis dix jours leur vie intime dans leur chambre chez les Williams, désastre qui le laissait dérouté, déconcerté, stupéfait, et qui sans sa patience et sans aussi l'attitude distante du psychiatre qu'il s'efforçait de rester dans un phénomène proprement aberrant qu'il essayait de comprendre eût conduit au pire sans doute bien avant cette scène durant ces dix premiers jours à New York. Oui, tout, soudain, ainsi s'explique. La photo est là. Il l'a vue. Un visage blond, épanoui et certes beau. Sans doute plus jeune que lui, la trentaine peut-être. Genre sportif, pilote de course, sourire, allure et suffisance appropriés.

Pendant un instant qui a duré plus que toute l'éternité, lui, Dick, s'est senti en train de se dissoudre lentement mais sûrement dans la tristesse, dans la solitude, la terrible solitude de *Early Sunday Morning,* et quand enfin sa conscience lui est revenue, il s'est précipité vers la sortie sans même regarder sa femme puisque désormais tout était clair, et, après avoir erré comme un forcené pendant des heures, jusqu'à la tombée de la nuit dans Central Park enseveli sous la neige oublieuse, il s'est engouffré dans le premier taxi qu'il a pu arrêter pour aller encore errer, mais aussi se soûler et se vider l'âme de l'annihilante tristesse de *Early Sunday Morning* et tenter de retrouver un contact avec la vie qui la rende palpable, qui ne finisse pas par la dissoudre en des flots de mélancolie et de chagrin, qui lui fasse oublier ces vers de T.S. Eliot venus l'obséder à Central Park et qui ne veulent plus le quitter :
Après un tel savoir, quel pardon?...
...
Ces larmes, c'est l'arbre de colère qui les déverse

...
Moi qui fus proche de ton cœur, j'en fus chassé,
Perdant la beauté dans l'effroi, l'effroi dans l'inquisition vaine
J'ai perdu ma passion : pourquoi devrais-je la garder
Quand ce qui est gardé forcément s'adultère ?
Vue, ouïe, goût, odorat, toucher, j'ai tout perdu :
Comment en userais-je pour mieux t'approcher ?

Oui, un contact qui puisse lui donner de nouveau foi dans la vie et peut-être même un jour lui redonner le goût d'aimer... et ce fut la nuit chez Kerry Crawford, au 31 West 12th Street, Greenwich Village, il s'en souvient si bien, Kerry qu'il n'avait pas vue depuis trois ans au moins et qui, cette nuit-là, réapparaissait soudain dans sa vie tel un rêve heureux, le plus beau, le plus merveilleux de tous les rêves qu'aucun dieu, pas même l'Abstrait, le Dieu tout-puissant du désert, n'aurait pu imaginer. Il s'en souvient ô combien !

Voilà comment c'est arrivé. Après la rage, un atroce sentiment de solitude, ensuite le désarroi, un désarroi qu'une quantité pourtant impressionnante de gin tonic — double gin, très peu de tonic, chaque fois, juste pour le goût — ingurgitée de bar en bar à Greenwich Village ne réussissait pas à calmer, et il fallait arrêter de patauger dans la neige et songer au reste de la nuit puisqu'il n'était pas question de rentrer chez les Williams et de retrouver Joyce car

« *Après un tel savoir, quel pardon ?...* »

L'intuition du moment lui dit, à la vue d'un taxi qui approchait, de mettre le cap sur le fameux bar-restaurant du East Side, *Maxwell's Plum,* au coin de la 46th Street et de la First Avenue, style art déco, plafond et vitraux Tiffany illuminés de derrière, très chic, très brillant, scintillant, luxueux, très fou aussi, là où, il y avait trois ans, alors qu'il passait le mois d'août seul à New York, sans Joyce, pour mettre au point avec son éditeur le manuscrit de son livre sur la créativité, il avait pris l'habitude de se rendre presque tous les soirs pour y avoir fait, le premier soir, la connaissance, au bar, d'un étonnant couple : un banquier de Wall Street d'un certain âge, la soixantaine au moins, d'un physique peu commun mais fascinant, et une jeune et extraordinaire belle rousse aux yeux verts, mannequin et modèle après avoir été, cinq ans plus tôt — elle l'apprendra à Dick au cours de la soirée —, d'abord reine de beauté de son pays d'origine, l'Afrique du Sud (autre pays de désert et de « gloires des sables »), ensuite Miss Univers.

Le trio avait très vite sympathisé; et sans doute l'air très *psychiatre sans l'être* de Dick, plus rassurant que ne l'est d'ordinaire l'air des gens de la profession, joint à son charme physique de grand jeune homme blond dégingandé, à la chevelure en bataille, plutôt maladroit — genre intellectuel légèrement absent — mais drôle, y était pour quelque chose, au point que, pendant ce mois d'août excessivement chaud et humide même pour un tel mois à New York, généralement insupportable comme on le sait, *Maxwell's Plum* leur était devenu un lieu régulier de rendez-vous pour dîner, dans la fraîcheur des climatiseurs, à trois, Dick préférant le trio à l'addition d'une autre jeune femme, ce que l'amant de Kerry, le banquier en question avec qui elle vivait, Don, avait suggéré à Kerry de faire en invitant l'une de ses amies mannequins, mais que Dick, à la grande mais silencieuse satisfaction de Kerry, avait désapprouvé parce que, d'une part, il était très amoureux de sa femme et, d'autre part, il se sentait mystérieusement bien dans cette atmosphère de secrète complicité qui lui semblait en train de se former au fil des soirs entre Kerry et lui. Le délice de ces soirées qui se prolongeaient très tard dans la nuit devenait à chaque dîner encore plus exquis, chacun des trois jouant à fond le jeu, chacun laissant à sa spontanéité, à sa fantaisie leur libre cours, chacun s'ouvrant aux deux autres de tous ses rêves, de toutes ses folies, de toutes ses angoisses — et un psychiatre aussi en a parfois des angoisses, et ça peut lui arriver d'en faire part à ceux avec qui il se sent bien —, chacun saisissant cet été et cette merveille que constituait leur relation complice à trois comme une occasion unique pour charmer, amuser, plaire, étonner et, les célèbres cocktails de *Maxwell's Plum* et ses vins des meilleures qualités aidant, faire que le souvenir de cet été demeure celui d'un certain bonheur à New York, l'été, un été de souvenirs agréables, ineffaçables de la mémoire de chacun. Le jour, Dick le passait à la bibliothèque de son éditeur, *Random Publishers*, travaillant sur son manuscrit, et la fin de l'après-midi venue, il rentrait à son hôtel, *The Gotham,* au coin de la 55th Street et de la Fifth Avenue, prenait une bonne douche froide, commandait un gin tonic qu'on lui montait dans sa chambre, s'étendait sur son lit pendant un moment pour lire ce qu'il n'avait pas encore eu le temps de lire dans le *New York Times,* et à 8 heures, il commençait à se préparer pour de bon, se changeait, chemise en soie bleu ciel à col ouvert, blazer croisé bleu nuit aux boutons dorés, pantalon beige en tergal fin, mocassins noirs, et sortait enfin pour rejoindre ses amis, de temps en temps en taxi, le plus souvent à pied, si heureux d'être à New York et de pouvoir marcher dans ses rues, malgré la chaleur et l'humidité. Ils l'attendaient au bar — impossible, surtout, pour lui, de ne pas remarquer dans les yeux de Kerry et sur son visage, dès qu'elle le voyait, qu'*elle* l'attendait : attente muette mais certaine, de plus en plus perceptible, de plus en plus nette au fil des soirs, de plus en plus délicieuse pour Dick, mais aussi de plus en plus troublante, car c'était le temps où Joyce et Ann remplissaient entièrement sa vie, et c'était le temps où il était incapable de s'imaginer faire la moindre chose qui pût ne fût-ce qu'entrebâiller la porte sacrée de leur bonheur et exposer leur couple à l'inconnu, à l'adversité. Kerry était chaque fois d'une beauté tout simplement sublime, son petit visage radieux de finesse, de limpidité, de transparence et de parfum enivrant aussi ; le sourire si séduisant avec sa petite moue au coin des lèvres elles-mêmes combien tentantes, se souvient Dick. Ah, et cette peau ! cette peau si fraîche, si pure, et ces formes si délicates du corps, ce cou si parfait, ces épaules inoubliables et leurs taches de rousseur... Entre elle et Don, son ami, les liens semblaient solides et naturels et d'aucune façon affectés par cette tare qui mine parfois les liens de ce genre de couple, c'est-à-dire : caprices infantiles d'un côté, complaisance d'un père gâtant sa fille mignonne mais impossible, de l'autre. Non, c'étaient des relations normales d'un couple normal, mûr, sans rien de bizarre, et il faut dire — Dick le reconnaît encore plus de vingt ans après — que Don, avec son physique massif mais athlétique, sa présence imposante, son expérience de la vie et l'assurance tranquille que lui donnaient si visiblement sa fortune et son pouvoir, s'harmonisait très bien avec le côté fragile et extrêmement vulnérable de Kerry. Ils l'attendaient, elle l'attendait... Après leurs cocktails habituels, que leur servait Jimmy, le même barman qui s'occupait d'eux tous les soirs, ils passaient à table, la même table toujours — dans la partie surélevée, la mieux exposée du restaurant où le Tout-New York de l'art, de la mode, de l'argent et de la célébrité venait en ces temps-là aussi se faire voir —, dînaient bien, buvaient abondamment, riaient beaucoup, mais parfois devenaient songeur, chacun absorbé dans ses pensées, chacun peut-être pensant à l'autre dans le secret de son cœur, et Dick saura, trois ans après, que Kerry, vers la fin de ce mois d'août exceptionnel parmi tous les mois d'août de la vie de Dick, ne faisait plus que cela : penser à lui, Dick, tout en étant consciente que Dick, hélas! tenait à son couple et à sa vie de Boston. Kerry avait décidé de reprendre, au mois de septembre, ses études universitaires interrompues deux années plus tôt après le Bachelor Degree. Elle avait opté pour un Masters en journalisme qu'elle voulait faire à Columbia University tout en continuant à travailler encore quelque temps comme mannequin. Les prochaines études de Kerry occupaient parfois la conversation, mais les trois amis parlaient le plus souvent de tout et surtout de livres, de romans, de cinéma, de musique, de théâtre, de danse, de jazz, toutes choses qui les intéressaient tous les trois énormément, toutes choses dont New York, été comme hiver, printemps comme automne, est si riche, mais toutes choses auxquelles eux, les trois amis de ce mois d'août unique, préféraient singulièrement *Maxwell's Plum,* où ils aimaient se retrouver ainsi jusqu'à une heure très avancée de la nuit avec pour seul but celui de laisser derrière eux un agréable, un heureux, un inoubliable souvenir d'été new-yorkais — et c'était bien ce souvenir d'il y avait trois ans que Dick avait en tête — sa tête plein de gin — lorsqu'il a mis le cap sur *Maxwell's Plum* ce soir très froid de janvier 1957, après la tristesse du Whithney Museum et de *Early Sunday Morning,* après la rage, après la marche forcenée dans la neige oublieuse de Central Park, après le sentiment de terrible solitude, de désarroi à Greenwich Village.

Jimmy, le vieux barman noir moustachu, grand gaillard au visage rond et aimable, d'il y a trois ans, n'a aucune difficulté à reconnaître Dick, même si celui-ci est complètement soûl et a beaucoup de peine à se tenir debout. « Dr. Casey ! Oh, quel plaisir de vous revoir ! Voilà une éternité qu'on ne vous a pas vu par ici ! fait-il.

— Content de vous revoir aussi, Jimmy, répond Dick qui tient à peine sur ses pieds, vraiment content. Mais faites-le double, cette fois, le gin tonic. Double, Jimmy, O.K. ? »

Jimmy s'aperçoit, bien entendu, que Dick est totalement soûl : c'est tellement évident, Dick tient à peine sur ses pieds, il a l'air plutôt bizarre, celui de quelqu'un qui a incontestablement des problèmes, ce que Jimmy sait reconnaître tout de suite, — il sait immédiatement si ses clients ont des problèmes, c'est un peu son métier, et puis, surtout, il y a trois ans, cet été-là, il n'a jamais vu Dick soûl ; légèrement ivre, gai, mais soûl, jamais, alors que maintenant Dick a l'air lamentable de quelqu'un qui a passé sa soirée à noyer ses chagrins dans le gin tonic, quelqu'un qui est dans un état de total désarroi. C'est pourquoi Jimmy demande :

« Des problèmes, Dr. Casey ? » Mais Dick ne dit rien, se contentant de lever sur Jimmy des yeux pleins d'une tristesse qui en dit long sur ses problèmes, et Jimmy qui a déjà tout saisi, sans attendre qu'on le lui dise en des mots clairs, puisque c'est son métier après tout, secoue la tête en signe de sympathie et d'amitié, tout en préparant le gin tonic de Dick — double gin, peu de tonic, juste pour le goût. Puis voilà qu'il lance, sans doute aussi en signe de sympathie, d'amitié, pour sortir Dick un peu de sa tristesse, de sa solitude si visibles sur son visage sombre, ravagé : « Trois heures plus tôt et vous seriez tombé sur Miss Crawford. Vous vous souvenez : Miss Crawford ? »

Bien sûr que Dick se souvient. Pendant trois ans, il a essayé, il a tout fait pour ne pas se souvenir. Mais ce soir, le souvenir piétiné, réprimé, refoulé par fidélité à Joyce, ce souvenir qui devait être pourtant celui d'un été heureux à New York, le souvenir d'un sourire et d'un regard qui l'aimaient tant, lui, Dick, ce souvenir qu'il a maintenu prisonnier pendant plus de trois ans quelque part dans un coin obscur de sa mémoire — ce soir, il le libère, il lui redonne vie : vive le souvenir de cet été fabuleux, des dîners tard dans la nuit d'août à *Maxwell's Plum*, ce même *Maxwell's Plum*, des délicieux cocktails du vieux Jimmy, ce même Jimmy un peu paternel et plein d'attention pour ses clients, qui n'a pas changé et sait se souvenir ; vive le souvenir des vins au bouquet rare, des éclats de rire, de la gaieté et de l'amour offert mais refusé en raison d'un autre amour.

— Oui, je me souviens bien, Jimmy, très bien. Comment la contacter : sauriez-vous ?

— Simple, fait Jimmy. Demandez son numéro de téléphone aux renseignements ou à C.B.S. Vous savez qu'elle est reporter pour la station régionale de C.B.S. maintenant.

— Reporter à C.B.S. ?

— Depuis un an, au moins, et très populaire.

Les renseignements refusent, C.B.S. refuse, le numéro n'étant pas dans l'annuaire. Les renseignements proposent toutefois de transmettre un message et un numéro de téléphone où Miss Crawford pourrait éventuellement rappeler. Dick, bien que très soûl, finit par trouver les mots adéquats pour son « message ». Il dit à l'opératrice qui a bien senti son désespoir : « Dites-lui que c'est Dick Casey, Dr. Casey, le psychiatre de Boston. L'été d'il y a trois ans, à *Maxwell's Plum*. Dites-lui que je suis à *Maxwell's Plum* à cet instant même et que ça ne va pas du tout et que je voudrais tant lui parler. »

Souvenir d'un mois d'août heureux à New York City...

Quelques minutes après, le téléphone sonne, et Jimmy décroche, et c'est elle, et c'est pour lui, et Dr. Casey, le psychiatre, qui d'ordinaire passe son temps à aider les autres à maintenir un certain équilibre en eux-mêmes, à ne pas craquer, à l'instant où la voix de Kerry lui parvient, tout simplement il craque, tout simplement, il n'en peut plus et il craque, et Kerry le sent dans la voix brisée qui lui parvient à Greenwich Village, et comme si le temps n'avait pas passé du tout, comme si trois années n'avaient pas passé depuis ce mois d'août d'il y a trois ans, elle sent immédiatement que la voix d'autrefois chaude, à l'accent très bostonien, traînant, chantant même, est maintenant la voix d'un homme brisé par une profonde douleur, et la seule chose qu'elle dit, après avoir demandé : « C'est toi, Dick ? », et après qu'il ait répondu que oui, c'était lui, — tout ce qu'elle dit, c'est : « Ça n'a pas l'air d'aller ? Qu'est-ce qui ne va pas, mon chéri ? Peux-tu venir chez moi ? S'il te plaît, Dick, prends un taxi tout de suite et viens. »

Oui, et c'était elle. La rage, la solitude, le désarroi, le désespoir, le noir total... et voilà, comme dans ces rêves heureux où ceux qui nous importent et que nous avons perdus resurgissent miraculeusement dans notre vie, nous laissant, à notre réveil, la nette sensation d'avoir *vécu* l'impossible, c'était bien elle, là, comme dans un rêve heureux, et elle l'attendait pour lui faire vivre l'impossible. A sa vue, Dick n'a pu retenir ses larmes : il était trop blessé pour pouvoir les retenir plus longtemps et surtout maintenant qu'il avait triomphé de la solitude, qu'il était dans la compagnie d'une personne si chère. La solitude était vaincue : maintenant son cœur lourd de tristesse, de chagrins et de larmes pouvait se vider, s'alléger de son poids mortel, se soulager de sa douleur intolérable. Dans ses bras fragiles, si lisses, si doux et si chauds, contre ses petits seins tremblants, c'est ce qu'il fait, ce soir-là. Comme un enfant, il a pleuré. Lui, le psychiatre qui croyait à la thérapie par les larmes et l'utilisait pour amener ses patients à revivre, mais pleinement, sans la moindre réserve, leur douleur muette d'autrefois, cette fois, c'était lui qui était le patient, ainsi devenu le patient de lui-même, sans s'y être jamais attendu, car avant ce soir-là, il croyait que Joyce l'aimait et il croyait que Kerry n'était plus que le lointain souvenir d'un heureux été à New York. Mais maintenant tout était différent : Joyce ne l'aimait plus et Kerry qu'il pensait avoir oubliée, la voilà qui réapparaissait soudain dans sa vie et à un moment de double douleur : la douleur d'un amour perdu et celle d'un amour retrouvé après un long oubli et dont il s'apercevait, à l'instant même où Kerry lui ouvrait la porte, qu'en fait et sans qu'il s'en rendît compte, il lui avait manqué plus que tout et tout le temps, il avait tenté de l'étouffer, de l'effacer de lui, mais l'amour de Kerry lui avait terriblement manqué pendant toutes ces trois années — et comment dans ces conditions pouvait-il se retenir de pleurer, comment autrement aurait-il pu calmer sa double douleur ?

Ils ont continué à se voir pendant quelque temps, dans des circonstances souvent difficiles. Elle, bien que libre depuis sa rupture avec Don deux ans plus tôt et un très bref mariage avec un acteur de cinéma, qui venait de prendre fin quelques semaines seulement avant ses retrouvailles avec Dick, menait sa vie au gré des reportages et de leurs contraintes, voyant défiler devant ses yeux villes et chambres d'hôtel à une allure capable de venir à bout du plus solide amour. Lui, bien que très amoureux, trouva dans son éloignement d'elle à Boston, où le retenait son enseignement à la Harvard Medical School et son cabinet de psychiatre, un prétexte — et il était trop fin psychologue pour ne pas réaliser au fond de lui-même que l'argument n'était rien d'autre qu'un prétexte — pour se persuader que leur liaison était impossible, que tout avenir en était condamné, exclu par son attachement à sa fille qu'il ne pouvait imaginer séparée de lui — ce qu'entraînerait naturellement son divorce d'avec Joyce.

Et ainsi, le jour où finalement le destin s'en est mêlé en la renvoyant elle, chez elle, en Afrique du Sud, où l'appelait son père au chevet de sa mère gravement malade et où elle décida de rester pour toujours, ayant sans doute pris conscience de l'impasse sur laquelle débouchait leur liaison, il éprouva un réel soulagement, au début tout au moins, auquel succéda une longue période de secrète dépression que la vie se chargea ensuite d'adoucir peu à peu, de régler, ses relations avec Joyce retrouvant progressivement leur intimité d'autrefois et le plaisir de voir Ann grandir ramenant lentement la joie dans son cœur.

Mais le voici, maintenant, ce soir à Riyad, confronté, à soixante ans, à l'effondrement d'un équilibre qui mit si longtemps à se former dans sa vie et qui lui permit pendant des années de maintenir loin de sa mémoire la tristesse insidieuse de *Early Sunday Morning* et de fonctionner à peu près correctement, surtout de se consacrer à ses travaux sur la dépression et la perte essentielle : Ann est morte dans des conditions qui désormais le troublent ; entre Joyce et lui, tout est plus ou moins fini, et même l'habitude, même le désir souvent sincère chez eux deux de se conformer à un minimum d'exigences conventionnelles, mondaines ou autres, auxquelles sont tenus des gens de leur classe et de leur statut social, n'ont pas réussi ces dernières années — ces dernières années passées de plus en Arabie que Joyce n'aime pas, et qui n'ont donc pas arrangé les choses, bien au contraire — à voiler à ses yeux le drame insoutenable qu'est devenue sa vie conjugale. Le seul espoir qui lui restait : sa petite-fille, et l'amitié, l'affection profondes qui le liaient à son père, Youcif Muntasser, cet espoir le voici à son tour menacé. Comment dès lors continuer à se cacher la réalité, à croire qu'une calligraphie quelconque, quelle qu'elle soit, fût-elle la plus glaciale célébration du dieu le plus abstrait, pourrait éteindre le feu sans fin de sa détresse ? Le valium peut-être, mais certainement pas l'esprit hautain et hors de ce monde d'Allah !

CHAPITRE 8

Après cette nuit cruelle de doute et de désespoir, sans doute plus cruelle encore que sa nuit d'il y avait plus de vingt ans, Dick Casey fut expulsé d'Arabie ainsi que le reste de sa famille. Il le fut exactement comme il en avait été prévenu par celui qui prétendait être — et la nuance ne s'impose-t-elle pas dès qu'il s'agit de ce monde des ombres insaisissables qu'est l'action clandestine ? — « Hutchinson » lors de leur étrange et très brève rencontre dans la salle des chaudières, mal éclairée et d'une opprimante atmosphère, de l'Hôtel Intercontinental de Riyad.

Ainsi, avec l'annonce publique faite par les autorités de la mort de Youcif Muntasser — et la mort aussi, il convient d'ajouter, non moins consternante pour Dick, de son dévoué et très compétent assistant pakistanais, le Dr. Hyder, parmi les insurgés de La Mecque — se trouvait vérifié l'autre renseignement fourni par le « Professor » à mon ami.

A leur retour aux U.S.A., les Casey, leur couple momentanément ressoudé par leur nouveau malheur, d'abord se retirèrent ensemble pendant quelques semaines à Nantucket, après quoi Dick y laissa Joyce et Amel et regagna seul New York pour s'occuper de sa réintégration au sein du corps professoral de la New York University Medical School. Un jour, à l'hôtel « Le Pierre » où il résidait provisoirement, en attendant de trouver un appartement à acheter, il reçut par le courrier un colis contenant cinq cassettes sur lesquelles étaient enregistré un étonnant récit : la relation, par « Hutchinson » — mais cette fois Dick sans le moindre doute reconnaîtra parfaitement la voix du téléphone de la rue des Changeurs — de *l'autre* vie de Youcif Muntasser, relation que voici transcrite dans son intégralité.

Et voilà, je m'efface. C'est « Hutchinson » qui prendra la relève. Quand vous aurez fini de le lire peut-être serez-vous tentés de demander : « Alors, tout est pipé ? Ces rêves, exaltants, les plus nobles de notre temps, ces révolutions, ces efforts, ces cataclysmes, ces tragédies immenses des damnés de la terre, ces cauchemars de sang, de larmes et de misère qui hantent jour et nuit nos petits écrans — tout cela, ce tiers monde, ne serait-ce donc qu'un jeu savant réglé avec minutie par des maîtres-manipulateurs ? » Écoutez plutôt « Hutchinson », la voix de l'intérieur.

II

CHAPITRE 9

Je laisse la philosophie pour après — j'y viendrai, j'y viendrai. Pour le moment, sachez, mon cher Professor Casey, que l'homme qui s'adresse à vous est un homme très triste. Il vient de perdre un ami, et il est en deuil. Je sais : vous vous étonnez qu'un agent secret vous parle pareil langage — de sentiments, d'amitié. Croyez-moi, cependant : Youcif Muntasser était véritablement un ami, et je viens de le perdre. Mais sachez que je ne suis absolument pour rien dans sa mort. Oh, oui! certes : j'aurais pu l'empêcher, cette mort. Si, surtout dans la phase finale, je lui avais refusé les moyens d'action qu'il me réclamait, Youcif ne serait peut-être pas allé jusqu'au bout de son dessein. Hélas! refuser, je n'étais pas libre de le faire. L'un des termes essentiels de notre pacte était que *je devais* lui fournir tout ce qu'il pouvait me demander lorsque après examen, un examen conduit d'un point de vue purement technique et non moral, je le jugeais effectivement indispensable pour la réalisation du but qu'il s'était assigné : la révolution en Arabie. Je n'avais pas le choix : ma mission était de lui faciliter sa tâche.

Quant à la tâche, c'était lui-même qui se l'était

fixée. Voilà ce que je voudrais que vous compreniez. Croyez-moi, Professor Casey : je ne suis nullement l'ignoble personnification du mal que sans doute vous imaginez. Si telle est l'idée que vous vous faites de l'agent secret, je crains fort de vous décevoir.

Je n'ai pas *manipulé* Youcif Muntasser pour qu'il poursuive des objectifs qui n'étaient pas les siens. Non, non : ce n'était pas — ce n'est jamais ça ma fonction. Celle d'autres espions, peut-être, sûrement même. La mienne, un peu moins machiavélique que ça, consiste à tenir compagnie à l'Histoire, avec un H majuscule, à garder les yeux grands ouverts sur toutes les entreprises secrètes susceptibles d'affecter les intérêts profonds de l'Amérique et de favoriser ces entreprises dans tous les cas — oui, dans tous les cas : même quand, à court terme, elles risquent de causer du tort à notre pays, l'essentiel étant qu'il soit toujours, partout et quelles que soient les circonstances. présent, partie prenante potentielle dans ce qui se passe. Oui, car n'a-t-on pas souvent vu l'ennemi juré d'hier ou le vaincu apparemment écrasé d'aujourd'hui se transformer en notre ami fidèle ou en vainqueur ressuscité de ses cendres, sûr de lui-même et avec qui il fallait bien traiter, le lendemain ? Comment dès lors, quand on est l'Amérique, ne pas se préoccuper de toujours conserver une porte ouverte ou même, seulement, légèrement entrebâillée sur l'avenir ? Mais voilà que je dévie de mon propos initial, Professor, et que je vous entraîne déjà dans les méandres des considérations stratégiques. Je vous le promets : j'y reviendrai en temps voulu, mais, pour l'instant, laissez-moi évoquer l'amitié qui m'a lié pendant des années à Youcif et le souvenir d'un jeune homme exceptionnel ; vous dire comment je l'avais connu ; comment dès notre première rencontre à Harvard, j'avais été fasciné par son intelligence, certes, mais surtout par ce sens tragique du destin qui hantait son regard sombre, tourmentait son visage et donnait le sentiment d'un être déchiré, toujours au-delà de lui-même, de ce qu'il semblait être à tel ou tel moment — un être constamment et sans répit engagé dans une course folle avec lui-même.

Voyez-vous, Professor : je suis moi aussi psychologue, à ma manière — ça fait partie du métier, c'est nécessaire, n'est-ce pas ? Ma psychologie est simple. Elle opère en fonction de deux grandes catégories : d'après moi, les gens ont un *intérieur* et un *extérieur*. L'un nourrit l'autre. Ils se nourrissent l'un l'autre, se tirent l'un vers l'autre, et c'est ce jeu réciproque et sans fin de tiraillement et son intensité qui rendent les êtres plus ou moins intéressants. Vous, en tant que psychiatre, vous cherchez à contenir le déchirement dans des limites qui permettent malgré tout aux gens de fonctionner. Vous les normalisez en quelque sorte. Vous êtes du côté de la police, de l'ordre : c'est ce que vous faisiez en Arabie et qui était du reste fort apprécié. Moi, je suis du côté du désordre. Il faut bien : chacun sa vocation, Professor, si étrange que cela puisse vous paraître. Un espion qui glorifie le désordre ! Eh bien, oui, ça existe, ça existe. Ce sont les deux faces de la société, l'ordre et le désordre, vous en conviendrez — le tout est de savoir quand les sociétés se révèlent dans leur vérité profonde, la plus prometteuse, la plus créatrice. Moi qui ai fait mes classes chez les anarchomarxistes, je pense que c'est dans le bouillonnement que la vie est la plus novatrice. Vrai aussi pour les individus. Plus la tension entre leur intérieur et leur extérieur est insoutenable, plus ils ont une chance de nous étonner, de briller un jour — et, croyez-moi : même d'un terroriste qui aura fait trembler par un acte spectaculaire les âmes bien-pensantes comme vous, l'on peut dire qu'il a brillé. C'est donc ça mon département, à moi : le *malaise,* et je passe mon temps à le détecter partout chez les gens — les gens d'une certaine classe, s'entend, pas n'importe qui. Sur ce point, je le répète, je suis comme vous. Là où nous différons, vous et moi, c'est quand vous vous faites payer pour gommer le déchirement, le réduire, alors que ma tâche à moi, c'est d'entretenir chez ces êtres exceptionnels que sont les gens mal dans leur peau, leur exquise particularité, dans l'espoir qu'un jour le bel acte tant attendu de leur destin, tel un dû, se produira enfin, à la consternation d'esprits prudents comme vous et mes collègues policiers, mesquins et bornés, des services spéciaux U.S., mais à la grande joie de votre serviteur qui voit loin.

Mais voyons : pourquoi vous raconter tout ça, au fait ? Certainement pas pour vous étonner, Professor, sachant très bien qui vous êtes et d'autant que je suis sûr, entre nous, qu'au fond de vous-même vous êtes d'accord avec moi, car je n'ignore rien de vos propres tourments. Pas agent secret pour rien l'ami Hutchinson. Oui, j'incline plutôt à croire que si vous continuez malgré tout à vous ranger sous la bannière de l'ordre, ce n'est plus tant par conviction que parce que tout simplement l'occasion ne s'est pas encore présentée à vous de sauter le pas, de franchir la barrière de la psychiatrie et de la société policée et de rejoindre enfin les allègres apôtres de la grande et exaltante pagaille. Mais ça viendra, ça viendra, un jour : Youcif me disait qu'il ne désespérait pas totalement de vous.

O.K., revenons maintenant à lui, Youcif, puisque c'était précisément à son sujet que je vous ai débité toutes mes fadaises psychologiques au vif relent anarcho-marxiste. Alors, lui, justement, notre Youcif, du premier coup, j'avais senti que c'était quelqu'un qu'attendait un fabuleux destin. Mais c'était l'amitié, une amitié sincère, qui avait d'abord prévalu entre nous. Voici comment ça s'était passé. Encore une observation, toutefois. Non pour brouiller davantage les pistes, croyez-moi. Bien au contraire : pour vous donner une idée un peu plus complète du type de personnage que je suis. En gros, je dirai que je suis — comment m'exprimer ? — le poète de l'espionnage. Oh non ! ne vous hâtez pas déjà de m'imaginer obsédé par les rimes que je m'épuiserais à harmoniser à la gloire de l'espionnage yankee. Non, pas du tout ça le sens de mon propos. J'entends simplement que j'ai un statut *spécial* dans les services où je jouis d'une liberté totale tant pour ce qui est des méthodes que du champ d'action et des moyens. Mon seul guide et ma seule limite, c'est mon imagination. D'où mon expression : poète de l'espionnage. Expression un peu gauche sans doute mais que vous comprenez mieux j'espère à présent. Vous saisissez naturellement l'importance de votre serviteur : super-espion. Espion hors classe. Général à cinq étoiles de l'espionnage. Pape de l'action clandestine. Voyage partout. Dispose de tous les moyens possibles et imaginables. Trempe dans toutes les manigances. Fomente des révolutions socialistes. Participe de temps à autre à des coups de main terroristes. Inspire des manifestations anti-yankee. Rédige des discours délirants de véhémence et d'insultes, que prononcent nos pires ennemis. Conseille ces derniers sur les meilleurs moyens d'extorquer des dizaines de millions de dollars à l'Oncle Sam. Me métamorphose en mille personnages. En prêtre. En ambassadeur. En professeur. En docker. En guérillero. En réparateur de chaudières, et j'en passe. Et naturellement, toujours insaisissable, et ne soyez donc jamais sûr que vous avez réellement affaire à moi. Je suis pareil à la grandeur de l'Amérique : à la fois tout et une chimère de l'esprit. Absolument insaisissable. Don total de l'ubiquité. Avec mille noms et mille identités qui scintillent autour de mon mystère telle une constellation d'étoiles promises l'une après l'autre à l'extinction, cependant que moi — toujours ressuscitant de mes cendres au moment même où l'on me donne partout pour absolument kaput, définitivement éliminé de l'échiquier des gladiateurs de la nuit — je me trouve toujours ailleurs. Combien de fois cela m'est-il arrivé ! En Chine. En Russie. Dans cinq ou six fantastiques républiques africaines... et j'en passe. Tantôt éliminé par les nôtres, tantôt par les autres. Rien à faire : je cavale. Je continue à cavaler, rêvant du Bien suprême U.S. — avec un B majuscule, je vous prie : objet de tous mes fantasmes, de toutes mes énergies, ma seule raison de vivre. Mon unique patron : le Président. Qui d'ailleurs ne me connaît pas, ne m'a jamais vu. Mais il est le seul éventuellement à pouvoir infléchir mon action dans un sens que je n'aurais pas moi-même prévu, ou à pouvoir m'ordonner d'arrêter une opération en cours. Cependant, c'est rare que cela se produise. Depuis qu'on m'a *lancé* — et j'emploie délibérément ce terme, car je ressemble à ces fusées qui deviennent autonomes et se suffisent à elles-mêmes une fois franchi un certain point hors de l'atmosphère —, depuis donc qu'on m'a lancé, il est arrivé deux fois que l'un de nos augustes présidents exerce un contrôle sur moi. Deux fois : avouez que ce n'est pas beaucoup ! D'ailleurs, la partie n'aurait sûrement pas tardé à tourner à la catastrophe si l'ordre ne m'était pas heureusement parvenu à temps, dans les deux cas, de rompre immédiatement tout contact avec mes interlocuteurs qui ne réclamaient de moi que quelques... bombes atomiques pour régler leur compte à leurs ennemis. En tout cas, vous voyez mieux, maintenant, j'espère, mon cher Dick — vous permettez que je vous appelle par votre prénom, c'est plus sympathique —, qui est l'ami Hutchinson.

Donc, en ma qualité de super-agent secret, d'espion poète, de fou de l'Amérique et de son Bien suprême qui transcende évidemment les conjonctures passagères et insignifiantes en fonction desquelles agissent souvent, hélas ! le commun des mortels aussi bien que nos tarés de responsables —, en cette qualité spéciale, je me trouvais, l'hiver 1969, à Harvard, où j'avais élu résidence pour quelques mois, poussé par un vague pressentiment, le pressentiment qu'à la suite de la débâcle des démocrates aux élections présidentielles, votre ancienne université, Dick, allait voir affluer sur elle la horde des précieuses et très sensibles âmes en peine de l'éternelle gauche super-luxe, élite de la nation, bla bla bla, qui viendraient, qui pour un examen approfondi de conscience, qui pour pondre un livre sur le sens de la défaite, qui pour échanger des souvenirs attendris avec les copains sur le rêve de la victoire, etc. Bref pour moi, ce serait, m'étais-je dit, l'aubaine unique. Vous vous rappelez, je vous déclarais tout au début de ce monologue sur cassette que mon boulot consistait à tenir compagnie à l'Histoire — toujours avec un grand H, s'il vous plaît, Dick —, eh bien, c'est cela : je venais de m'installer pour quelques mois à Harvard — après l'entrée de Nixon dans la résidence officielle de l'Oncle Sam — pour, précisément, guetter les occasions, persuadé qu'il n'y a rien de plus fécond, lourd de promesses pour l'avenir que les situations d'échec, rien de plus propice au flirt avec le destin, avec les idées les plus folles que les moments de déconfiture. Je venais donc, pour ainsi dire, pêcher en eau trouble.

Alibi : j'étais chercheur. Chercheur spécialisé dans, tenez-vous bien, les questions du *développement politique des pays en voie de développement*. Tout un programme, rien que le titre de ma spécialité ! A l'époque, c'était une rengaine à la mode, à Harvard, où l'on se posait en conscience de l'Amérique — mauvaise conscience, il va sans dire. Le raisonnement de ces tendres âmes était que si l'Oncle Sam pulvérisait le Vietnam, c'était pour son bien, le bien du Vietnam, s'entend, dont se préoccupait l'aimable et bien bonne intelligentsia yankee qui n'arrêtait pas de se creuser les méninges, jour et nuit, pour mettre au point des recettes — des *modèles,* qu'ils appelaient ça — capables d'apporter un jour au pays de l'Oncle Ho, à supposer qu'il en restât encore quelque chose, après le labeur méticuleux des bombardiers B-52 — donc d'apporter au Vietnam, mais aussi à toutes ces contrées sauvages de la planète, le merveilleux règne de la démocratie à l'américaine. Alors, il y avait comme ça un tas de centres de recherche, d'instituts, de professeurs, de chercheurs, à Harvard, qui s'agitaient, cogitaient, se démenaient comme des fous, étudiaient, mesuraient, bourraient les ordinateurs de statistiques de toutes les couleurs et de toutes les odeurs, dessinaient des courbes qui rivalisaient en mystère et en grâce, tenaient qui séminaires, qui colloques, qui symposiums, qui même séances de yoga, et moi je m'étais dit que dans cette formidable atmosphère de frénétique célébration du culte démocratique, je courrais peu le risque de paraître comme un type douteux si je me faisais passer pour un expert en la matière, vu ma vaste expérience directe — je dis bien *directe,* ce que n'avaient pas mes nouveaux collègues — de ce que l'on appelait très pudiquement les « jeunes nations » (d'ailleurs, entre nous, Dick, elles n'ont toujours pas grandi d'un iota), je pourrais me sentir tout à fait à l'aise et ainsi mener calmement mon travail de compagnon de l'Histoire — toujours avec un grand H, Dick, s'il vous plaît — qui est, entre nous aussi, essentiellement un travail de sape quoique pour le plus grand bien à long terme de l'Oncle Sam, bien sûr. Bref, j'étais dans mon élément, comme un poisson dans l'eau. Pas le moindre problème. Parfaitement intégré. D'autant que je prétendais également être, avec l'inébranlable assurance du maître imposteur, un ancien élève de ces respectables lieux, promotion 1955-1959.

Les moyens ne me manquaient pas — vous imaginez bien. Le fric à gogo. Intellectuel héritier d'une grande fortune — tel était mon statut. M'étais loué une somptueuse villa à Cambridge. Installation en super-luxe. Pour recevoir et tendre les pièges du plaisir aux esprits désincarnés de Harvard. La classique tactique de la tentation qui marche toujours. Me trouvais célibataire par-dessus le marché, bien que malgré moi, hélas, ma femme, Dorothy, m'ayant plaqué pour aller vivre sa vie avec son gigolo, un quelconque Jo, chauffeur de taxi à New York, mais superbe gars, paraît-il, et toujours disponible, lui, alors que moi je n'étais jamais à la maison. Nos deux gosses, nous les avions confiés à un internat, dans le Connecticut, pour enfants de bonne famille : du coup, j'avais la tête tranquille côté ennuis domestiques, et me voilà donc pacha de l'imposture avec, en perspective, un hiver à Cambridge, climatiquement rude, certes, mais qui à tout autre point de vue s'annonçait véritablement délicieux. J'avais engagé du personnel de maison en nombre largement suffisant : trois négresses et deux Portoricains que je payais grassement pour m'assurer de leur loyalisme en cas de... on ne sait jamais.

Le Tout-Harvard, le Tout-Cambridge s'étaient passé le secret, et voilà ma magnifique intelligentsia qui défilait. Ça ne désemplissait pas chez moi. Un succès fou, mes soirées, Dick. Agrémentées de temps à autre de musique de chambre, de jazz. Mais avec des orchestres sur les lieux. De l'herbe en abondance, aussi, et même du L.S.D. pour les amateurs du grand, grand voyage. Ça faisait longtemps que je ne m'étais pas à ce point amusé, et n'avais eu l'occasion d'observer de si près la veulerie du genre humain, surtout quand il se pique d'avoir de la cervelle. Je vous assure, Dick : j'aurais pu recruter une dizaine de profs, au moins, si j'avais voulu. Mais ils n'avaient rien, absolument rien de ce que j'allais trouver chez Youcif : ce regard tourmenté, habité par un destin inexorable. Cette flamme qui maintenait notre défunt ami en état de tension perpétuelle — tension morale, spirituelle, s'entend, car côté comportement, présence physique : l'être le plus sûr de soi, le plus posé, le plus mesuré, l'assurance de quelqu'un qui manifestement en savait long sur la vie, mais la *vraie* vie, pas celle, imaginaire, rêvée, des cabinets de travail, des séminaires, des déclarations de soutien. Oui : un véritable homme, celui-là, et pas toujours commode, je dois le confesser, quand il vous clouait le bec en pointant sur vous, en défi meurtrier, son index intolérable. Là, vous étiez écrasé. L'intelligence la plus redoutable alliée à la résolution, à la force d'un caractère d'acier : c'était proprement terrifiant. Devant lui, mes gentils profs disparaissaient comme des souris. Un succès fou auprès des nanas, votre Youcif, car, en plus, il était beau garçon avec son air ténébreux et hautain. Mais votre fille, Ann, l'avait constamment à l'œil. D'ailleurs, il l'aimait trop, je crois, pour se permettre ce genre de choses. Il était vraiment fidèle, autant que je sache.

Voilà mon homme, m'étais-je dit.

CHAPITRE 10

C'était un soir d'hiver, Harvard était enseveli sous la neige. L'air était bleuâtre et le vent coupant, et la froidure soufflait fort sur Harvard Square, en chassant toute âme. Tous les penseurs politiques des parages, ou se disant tels, s'étaient donné rendez-vous au Centre des relations internationales pour la causerie animée par un certain professeur Brown sur le thème « Paix et *statu quo* ». L'élite de l'Amérique était là, toutes tendances idéologiques confondues, dans une salle aux antiques boiseries chaudes, très accueillante, deux majestueuses cheminées y élevant grandioses leurs flammes émouvantes en hommage à l'esprit yankee qui se consumait sans réserve à la recherche d'une formule de bonheur pour un monde qui en avait drôlement besoin.

Évidemment, j'étais là, aussi — vous pensez bien que je n'allais pas manquer pareille occasion. Et évidemment Youcif était là également, ainsi qu'Ann. Je ne le connaissais pas encore. C'était là où j'allais, pour la première fois, le remarquer et faire sa connaissance.

Le Professeur Brown en question, une créature à la peau carrément rouge surtout du côté du crâne, parfaitement lisse et luisant, un splendide débile mental comme le sont souvent les gens de droite, incapables de voir plus loin que leur nez — et le sien était pourtant assez pointu —, ne s'y prit pas de mille manières pour prôner le maintien du *statu quo* dans le monde, seul but, selon ce Monsieur, que l'Amérique devrait poursuivre, à l'exclusion de toute autre préoccupation telle que justice sociale, satisfaction des besoins fondamentaux des peuples comme manger à sa faim, se loger décemment, être à l'abri de l'arbitraire de dirigeants despotiques, etc. Pour cette cervelle de mule, Dieu savait très bien ce qu'il faisait en créant l'humanité telle qu'elle était — ce n'était donc pas à l'Amérique de chambarder l'ordre divin des choses. Moralité : nécessité de renforcer les régimes amis et leur fournir les moyens de consolider la paix chez eux mais comme *eux-mêmes* concevaient cette paix, et ne pas hésiter, le cas échéant, à intervenir vigoureusement pour réprimer toute tentative de contestation du *statu quo*.

Je vous raconte toute cette histoire *grosso modo*. Le répugnant baratin de notre brillant stratège était légèrement plus compliqué que ça, enrobé, comme il se devait, dans des considérations de tout genre : économiques, sociologiques, mathématiques, métaphysiques et j'en passe — pour faire savant. En réalité, le fond de l'affaire se résumait bien dans ce que je viens de vous dire en deux mots. Le tout était débité sur un ton docte qui s'épuisait à se vouloir nuancé, académique, avec abondance de formules alambiquées, d'effets de style, de tournures de phrases de la plus subtile et ravissante rhétorique. Bref, ça faisait sérieux, très professoral. La vérité irréfutable, quoi. Il ne restait plus aux braves masses qu'à suivre. Si toutefois l'on se mettait en tête de soulever la moindre objection à cet imbécile, il était entendu qu'on ne pouvait s'y lancer qu'en employant le même langage prétendument scientifique et le même ton faussement serein qu'il venait d'exhiber lui-même avec brio à l'admiration manifeste d'une assistance de toute évidence plus soucieuse de forme que de fond. Comme toujours. Vous connaissez mieux que moi votre race, Dick : vous êtes tous les mêmes — est-ce la peine de m'étendre davantage sur ce chapitre ?

Donc, tout ce gentil petit monde qui argumentait poliment entre gens bien élevés, raffinés, cultivés, à l'aise dans leurs statistiques, leur tactique, leur rhétorique, leur science politique, leur jeu comique et leurs théories fantastiques, des gens comme il faut, très chics, lorsque brusquement le scandale éclata : une voix discordante, navrée, attristée, chaude, très humaine et témoignant d'une blessure ancienne, s'éleva, attirant l'attention sur un grand jeune homme brun au visage longiligne, taillé au couteau, et dont les grands yeux noirs mêlaient tendresse et indignation dans un regard à la présence incomparable. Quel homme, celui-là ! Quel véritable homme !

Il ne dit rien de son indignation, bien sûr, ni de sa tristesse d'entendre tant d'incroyables sottises : c'était son regard qui s'en chargeait. Non, avec fougue et sans le moindre égard pour la pondération académique, il parla de son expérience personnelle, de l'Algérie et de sa longue et dure lutte pour se libérer du mépris, ce même mépris qui venait de se donner libre cours dans la salle, et il parla de l'inévitable soulèvement, un jour, de tous ceux qui, aujourd'hui insatisfaits, humiliés, dominés, opprimés — cette majorité innombrable —, se donneront la main dans un vaste et irrésistible mouvement de solidarité pour abattre les murs de l'injustice et de la haine érigés par l'Occident et ses laquais. Il raconta comment le désespoir extrême, dans son pays natal, avait engendré le plus lumineux espoir, le jour où les damnés de la terre, du fin fond de leur indescriptible détresse, dans un sursaut irréel, avaient trouvé ce suprême courage — le courage de dire enfin : non. Non, non et non — et il expliqua comment devant ce non-là de l'homme révolté il n'y a rien qui puisse résister. « Hier, l'Algérie, dit-il. Aujourd'hui, le Vietnam. Demain, l'Afrique australe et d'autres et d'autres peuples encore. Que fera alors l'Occident affolé pour contenir le déferlement de la vague ? A cette guérilla globale, générale, totale, menée par les petits hommes soulevés comme un seul homme par la rage indomptable du désespoir et de l'indignation qu'opposera-t-il ? Ses statistiques ? Ses B-52 ? Sa science politique ? Ses analyses stratégiques ? Ses bombes atomiques ? Qu'opposera-t-il ? Quoi ? A ceux qui ont tout à gagner et plus rien à perdre et qui se moquent même de la vie, la valeur la plus précieuse de l'Occident, qu'opposeriez-vous, demandait-il à une salle médusée, messieurs les esprits futés de Harvard, de Standford, de Princeton et de Yale, et de la Sorbonne aussi et de l'E.N.A., et de la London School of Economics et d'Oxford ?

« Opposeriez-vous les vérités truquées d'une histoire biaisée, nourrie, pétrie de votre arrogance de dominateurs ? Opposeriez-vous l'évanescence de vos manières de gens sophistiqués qui n'ont plus la moindre notion, le moindre souvenir de ce qu'est la vie — la *vraie* vie ? Un monde nouveau se lève, plein d'espoir, plein d'énergie, plein de résolution et de prétention, plein de désir de puissance, d'affirmation et de création ; et vous, mes chers professeurs, mes chers théoriciens fatigués, lança-t-il, vous n'y pouvez rien, parce que votre heure est passée, parce que votre souffle est sur le point de s'éteindre. La bête enragée aura beau se débattre, effrayante et grotesque dans ses ultimes soubresauts — elle s'effondrera quand même, c'est inéluctable, parce que c'est ainsi ; Athènes et Rome et Bagdad et d'autres hégémonies avant elles se sont effondrées. » Et de citer *La Terre vaine* de T. S. Eliot.

« Quelles sont ces hordes voilées et qui pullulent
Sur les plaines sans borne, et qui trébuchent
Sur la terre craquelée que cerne l'horizon
Quelle est cette cité par-delà les montagnes
Qui se démembre et se reforme et s'effrite dans l'air
  violet
Jérusalem Athènes Alexandrie
Vienne Londres
Fantômes »

Fantômes essoufflés, morts.

Mon rôle à moi, Hutchinson, dernier grand croisé de l'Occident, c'est, précisément, de faire en sorte que notre merveilleuse Amérique ne connaisse pas ce terrible sort, qu'elle se ressaisisse à temps dans son errement car elle est encore jeune, elle, relativement fraîche d'âme et d'esprit, comme nos belles grandes jeunes filles blondes du Nebraska ou du Colorado, encore capable d'imagination et de générosité en comparaison de ce vieux monde épuisé, de cette vieille Europe pourrie, fatiguée et fantomatique à laquelle se référaient essentiellement les propos véhéments de Youcif. Oui, c'est cela ma mission, mon cher Dick : aider l'Amérique à être autant que possible du bon côté, à épouser son temps et ses exigences profondes. Or voilà un jeune intellectuel américain qui venait de s'insurger contre tant d'aveuglement, disant des choses si proches de mes propres préoccupations et, plus étonnant que tout, les disant non point poussé par je ne sais quel systématique souci de contredire, si prisé dans les milieux prof, et que j'abhorre personnellement, mais avec une évidente, une poignante sincérité, avec une admirable conviction. Je m'étais donc levé pour aller lui serrer chaleureusement la main, à la visible consternation de notre petite foule de bien-pensants.

Notre amitié avait commencé ce soir-là, cet instant-là même. Ann et lui deviendront des réguliers de mes soirées, mais des réguliers à part, avec un statut spécial, car eux, c'étaient des amis vis-à-vis de qui je me sentais tel un *ami*, tout masque (à part, naturellement, celui que vous pouvez facilement deviner, bien que Youcif ait fini assez vite par se douter de quelque chose et découvrir qui j'étais) — tout masque à bas, simple homme qui avait ses problèmes et ses petits ennuis d'homme, et même — oui, même — ses chagrins d'amour, et qui était chaque fois heureux de retrouver ce couple jeune, plein de charme et de vie, un couple très attachant.

CHAPITRE 11

Youcif m'intriguait. Un être si multiple. Avec un tel passé, de telles déchirures. Ce qui me fascinait pourtant le plus chez lui, c'était cette synthèse extraordinaire, bien contrôlée, merveilleusement maîtrisée, qu'il avait réussi à faire de son expérience, de ses contradictions, de sa vie. En apparence tout au moins, car jusqu'à quel point en fait cette synthèse était-elle solide : telle était, je crois, et sans même me rendre compte que je cherchais à percer l'énigme, la question qui ne cesserait de sous-tendre mon comportement à son égard pendant tout le temps où je l'ai connu.

L'intérieur et l'extérieur. L'extérieur et l'intérieur, rappelez-vous, mon cher, ma rengaine. Leur tiraillement. Le déchirement et la force de caractère, la force d'âme requise pour l'assumer.

Une enfance algérienne, autrefois, imprégnée d'Orient et d'Occident à la fois, du même et de l'autre, de fidélités partagées, de sentiments ambivalents.

En outre, le soleil et la lumière de la steppe immense, mais aussi sa rigueur, son orgueil tranchant. La steppe rude, impérieuse.

Puis la douleur de la rupture. Une première rupture avec une part de lui-même, et l'exil. Un autre exil. Et un autre exil encore. Mille exils et leur peine.

Que cherchait-il? Et le trouverait-il un jour? Et jusqu'à quand la synthèse tiendrait-elle, me demandais-je. N'arriverait-il pas un jour où elle craquerait? Avec une sensibilité et une intelligence comme celles de Youcif, la synthèse ne finit-elle pas toujours par craquer? Et dans son cas ça ferait alors de nouveau boum, boum, boum, boum! et ça serait de nouveau les grenades, la mitraillette, le sublime et unique plaisir de se sentir enfin exister pleinement, de sentir à l'intérieur de soi les questions douloureuses réduites, ne fût-ce que pour un temps, au silence, le déchirement momentanément apaisé.

Boum, boum, boum, boum! je vous dis, Dick : ils sont, comme ça, des milliers de par le monde, laissés-pour-compte de la fameuse conquête occidentale, condamnés à en découdre, un jour ou l'autre, avec eux-mêmes, pour se guérir de leur peine.

Si au moins Youcif était un artiste, me suis-je souvent dit. Le grand psychiatre que vous êtes, Dick, a très justement écrit — c'est dans votre livre sur la créativité que j'ai bien potassé — qu'à l'origine de tout art, il y a une déchirure, une perte, la perte irrémédiable de quelque chose de très important pour l'artiste. Et il y a la blessure du souvenir. Le poème, le tableau, le concerto... la chanteront, chacun à sa façon, et ça donne de l'art, et ça procure un peu de paix, semble-t-il, à ce damné qu'est l'artiste.

C'est vous qui citez dans votre bouquin, rappelez-vous, le conseil que Hemingway prodiguait à son vieux copain Fitzgerald, martyrisé par sa bien-aimée, Zelda. Oui, Ernest qui écrivait à Scott, le 28 mai 1934, si mes souvenirs sont exacts, ceci : « Oublie ta tragédie personnelle. *Nous sommes tous foutus dès le départ, tu le sais bien. Mais quand tu ressens la putain de peine, utilise-la sans tricher...* » C'est beau, j'avoue, et très pratique aussi comme formule. Vous souffrez ? Simple : faites-en un livre et appelez-le, par exemple « Le Grand livre de la souffrance », — vous vous sentirez mieux après. Lui, Hemingway, toujours très généreux côté conseils pour son vieux pote, Scott, non seulement produisait roman sur roman, mais, de surcroît, raffinait le plaisir en changeant d'épouse pour chaque nouveau roman. Histoire également de renflouer l'inspiration. A la fin, le soulagement recherché n'est quand même pas venu, et il ne resta plus au pauvre gars qu'à se loger une balle dans les méninges. Mais enfin ça, c'est une autre affaire, car la recette filée au fou de Zelda reste relativement valable.

Imaginez alors un instant Youcif à l'aise dans l'art des mots, romancier par exemple. Il se serait peut-être, lui aussi, épuisé chaque soir, à Manhattan, dans le cœur de la nuit, à fabriquer un remède.

Imaginez-le dans la paix des rideaux tirés...

A l'heure de la clarté absolue, du dénuement intégral...

La nuit s'épaississant et le silence s'instaurant autour de lui et venant peser sur toute chose, le libérant en même temps de lui-même et de toute attache au présent...

Il aurait sûrement tenté de confectionner quelque chose qui pût le soulager de sa peine.

Des masques.

Des masques, qu'auraient revêtus les parts mortes de lui-même, et ces masques auraient eu pour charge, ne croyez-vous pas, de pleurer, par l'incantation lyrique ou le crépitement des images de violence, le passé à jamais perdu, le déchirement impossible, le tiraillement intenable entre l'intérieur et l'extérieur.

Vous connaissez aussi bien que moi, Dick, les points de repère essentiels de l'itinéraire de ce parfait laissé-pour-compte de la célèbre conquête occidentale, de ce grand affligé de notre siècle du mépris, Youcif...

Au seuil de la carrière des souvenirs : un village de l'ocre, vaste et souveraine steppe algérienne, reposant dans sa sérénité coloniale.

Deriana.

Deriana : oasis verdoyant de peupliers, oliviers, figuiers, amandiers, abricotiers et lauriers-roses. Paradis miraculeux, me disait-il, enivré des plus aromatiques senteurs mais surtout de lui-même.

Deriana, un jour subitement tirée à l'aube de son rêve d'éternité par le fracas d'une guerre qui ne le concernait point : notre vaillante guerre contre les Allemands. Mais guerre qui avait pour l'enfant de cette époque tous les airs d'une fête rendue encore plus magique, me racontait-il, par un visage de femme presque mythique, attachée à nos forces qui combattaient Rommel. Une femme magnifique, blonde, grande, mince, très belle.

La prédilection de votre défunt gendre pour nos belles Occidentales, son fantasme de ces amours pour lui sublimes, dans leur lointaine, poétique, filiforme et évanescente altérité d'un autre monde — celui d'un rêve immémorial de Derïana —, l'appel de l'exil, qui était pour notre ami le royaume divin de la nostalgie, en un mot l'obsession de l'ailleurs et de l'Amérique avant tout, où il allait se retrouver, dix-huit ans après, comme en terre d'origine, ne lui venaient-ils pas du souvenir de cette guerre et de ce visage voilé dans l'aube brumeuse d'autrefois ? Ainsi qu'une inclination marquée pour la fureur de l'histoire.

La guerre d'Algérie devait, en effet, trouver l'adolescent du milieu des années 50 prêt pour une communion en profondeur avec la violence salvatrice. Communion qui n'allait pas toutefois sans un certain déchirement pour le jeune colonisé, puisque, me disait-il, à fortes doses, et avec quelle délectation, quel amour, en même temps que le Coran — ah, ce Coran et ce qu'il peut représenter pour un enfant musulman ! —, récité pieusement chaque jour à l'aube depuis un âge très tendre, il absorbait la culture française dispensée avec la plus haute ferveur par un maître et une maîtresse européens qui étaient en même temps ses parents adoptifs, les siens propres ayant démissionné de leur rôle, contraints par la misère.

Plus tard et après la tragédie qui lui ravira ses parents de substitution, ce fut la France, le militantisme clandestin, dur, sanglant, pour l'indépendance de son pays natal, une année de prison infligée par les Français, l'évasion, et enfin l'Amérique — America! America! — les études brillantes à Harvard, le mariage avec Ann, la nationalité américaine, la rupture avec les origines, une nouvelle vie et d'autres combats mais désormais américains ceux-là, combat contre la poursuite de la guerre du Vietnam, combat aux côtés de McCarthy, combat à la tête de *Young Democrats*, etc.

Il restera cependant jusqu'à sa mort, sans que vous le sachiez, Dick, secrètement à l'écoute de tout vent annonciateur des tempêtes inéluctables qui attendent, en cette trouble fin de siècle, le monde de ses origines.

Quant au passé interdit de Deriana, quant au bonheur précaire mais absolu pour l'enfant d'autrefois, ils seront à jamais perdus.

Sa seule consolation : Manhattan, royaume fou fait de béton, de verre et d'acier, lieu par excellence de l'exil. Manhattan : royaume suprême de la nostalgie. Patrie, me dit-il combien de fois, toujours désirée où l'ancrage sur ses rives de l'enfant de la steppe algérienne obsédé par une certaine musique, un certain rêve de tendresse, ne devait pas poser le moindre problème.

Mais plus qu'une consolation — sa chance, son rempart contre la solitude, le désarroi, la folie, c'était Ann. C'était elle qui maintenait en lui les choses en leur place, l'intérieur et l'extérieur en équilibre, absorbait les débordements, facilitait la synthèse.

Mais la nuit ? me demandais-je parfois. Les nuits d'insomnie, quand Ann dort, ou bien est au loin, et que l'horrible monstre de l'exil avec ses questions impossibles se plante là, immuable, terrifiant, devant ses yeux, pour le tourmenter, le torturer, le tuer : que fait-il alors ? Je l'imaginais se levant au cœur d'une nuit glaciale de Manhattan et se lançant dans une course désespérée le long des rues désertes, hurlant de douleur, d'effroi, criant au secours, poursuivi par le monstre subitement déchaîné, courant et interpellant les rares passants nocturnes sans qu'un seul prenne la peine de s'arrêter un instant, de tendre la main... Ah, qu'une mitraillette serait bien à sa place entre les mains d'un tel homme, je me l'étais souvent dit.

Déchirement, solitude et désespoir, et boum, boum, boum, boum ! voilà ce qu'il faudrait que vous gardiez à l'esprit, mon vieux Dick, pour comprendre ce qui se passera en lui lorsque Ann, la consolatrice, Ann la chance, Ann le rempart, ne sera plus là, lui sera ravie par un accident de voiture — coup minutieusement préparé, le saviez-vous ? par ses adversaires, ses frères-ennemis au sein de la section américaine du Comité Supérieur pour la Révolution en Arabie.

Mais n'anticipons pas, n'anticipons pas, mon bon Professor Casey. Je vous expliquerai tout ça en détail plus tard, en temps voulu. Je vous dirai ce qu'était exactement ce « Comité Supérieur » ou « Comsup », dans le langage codé de ses membres. Comment Youcif, par l'intermédiaire de votre très savant assistant pakistanais, le Dr. Hyder, non seulement fit la connaissance du chef du Comsup — le Chef suprême : « Al-S », ainsi qu'ils appelaient tous entre eux (Youcif, Hyder, et tous les autres disciples) ce vénérable vieillard — mais devint son homme de confiance au point de s'être vu un jour confier par Al-S — qu'Allah ait son âme — la mission périlleuse entre toutes de mettre de l'ordre dans la section du Comité implantée aux U.S.A. et qui était secouée par de violentes rivalités fomentées par nos services, d'un côté, et ceux des rouges de l'autre, chaque camp cherchant à contrôler du plus près possible l'évolution des choses, à l'orienter dans le sens de ses propres intérêts, s'agissant d'un pays de l'importance de l'Arabie.

Une longue, bien longue histoire, tout cela, qui ne manquera pas, je le crains, de laisser sceptique le brave et honnête homme que vous êtes, Dick, mais une histoire vraie — absolument vraie, version Hutchinson, toujours au courant de tous les secrets, donc version irréfutable. Mais tout ça, je vous le raconterai après, quand j'en aurai fini avec l'évocation de la grande amitié qui me lia à Youcif et à Ann pendant des années, depuis cet hiver rude à Harvard.

CHAPITRE 12

Multiple, Youcif, je vous disais. Multiple ? Et comment ! Mais qui ne l'est pas ? Ne l'êtes-vous pas, vous-même, Professor ? D'un côté : votre attachement, votre fidélité à une conception froide, je dirais réactionnaire de votre métier, de votre rôle de gendarme des harems que vous vous employiez à garder tranquilles, à l'abri des convulsions de notre temps, des mauvaises idées, pour qu'ils soient le havre où maintenir dociles et heureuses les charmantes princesses arabes. De l'autre vos bizarres tendances mystiques, votre curieuse passion pour les sables et pour leurs délicates et rares fleurs. Je vous connais, je vous connais. Je vous connais bien même, et je n'ignore rien de vos tourments, figurez-vous, et je conçois parfaitement que cela ait pu être douloureux pour vous de vous trouver du jour au lendemain mis à la porte de votre paradisiaque Arabie. Mais comme disent si bien les Français : c'est la vie. Nous passons, hélas ! notre existence à nous séparer de ce qui nous importe, à mourir à petit feu. Vous, le psychiatre, vous devriez le savoir mieux que moi. Vivre, c'est mourir tout lentement, un peu chaque jour : Freud, ou quelque autre de vos maîtres à penser, *dixit*. Il y a de quoi devenir fou, je vous assure, et vous inciter à faire sauter toutes les mosquées sacrées de toutes les Mecque de cette planète quand on réalise l'atrocité de l'injustice infligée par votre cher Allah à ses misérables créatures en faisant de leur bonheur quelque chose d'aussi précaire. O « gloire des sables » !

Tenez, si cela peut vous être d'une quelconque consolation, sachez que même votre serviteur, en apparence l'espion à l'âme d'acier, a eu sa part de ces affres-là. Vous souvenez-vous de ce que je vous racontais au sujet de mes honorables responsabilités? Plus particulièrement de cette sordide affaire qui aurait pu, sans notre Président, déboucher sur une petite catastrophe nucléaire? Il m'avait ordonné à temps, heureusement, de rompre immédiatement tout contact avec mes interlocuteurs — des sous-développés complètement cinglés qui entendaient régler leur compte de manière efficace à d'autres sous-développés non moins cinglés qu'eux. Il m'avait demandé de rentrer sur-le-champ à Washington, pour lui rendre compte. Vous vous souvenez, n'est-ce pas, de cette histoire? Bien. Alors apprenez, mon vieux Dick, que le copain Hutchinson, revenant crevé d'une mission réellement éprouvante, qui l'avait obligé à sillonner la terre entière dans tous les sens, en l'espace de quelques jours seulement, a trouvé à Washington un message urgent laissé par sa fille aînée, Nancy, lui demandant d'appeler dès que possible à la maison. Ce que j'ai fait. Savez-vous quelle splendide nouvelle m'attendait? Que Dorothy, sa maman, ma femme Dorothy qui était à mes yeux la représentante ici-bas de l'amour fidèle, équilibré, sans problème et tout le tremblement, avait tout plaqué en mon absence, y compris nos deux enfants, confiés à la bonne, et s'était barrée aux Bahamas en compagnie de son Jo, le malabar chauffeur de taxi dont je vous parlais tout à l'heure. Un drôle de coup celui-là, je vous prie de me croire, Dick, dur à encaisser. Pourtant, la mort dans l'âme, j'ai fait semblant de ne pas être affecté outre mesure par ce drame, et j'ai continué, avec ma jovialité habituelle, à m'adonner à mes occupations préférées au service de notre belle America. C'est vous dire que nous sommes tous compliqués, à l'intérieur, à un degré ou à un autre, et tous en retard d'un oubli.

Le cas de Youcif était cependant légèrement différent. Chez lui, ce qui me frappait le plus, ce n'était pas tellement, en définitive, la multiplicité de ses êtres en tant que telle, ni la synthèse de cette multiplicité, mais bien plutôt l'ordre qui y régnait vis-à-vis du monde extérieur. Oui, comme vous et moi, il était multiple, bien qu'il le fût, lui, plus que nous le sommes vous et moi. Mais contrairement à vous et à moi, il l'était, lui, avec méthode. Les choses, chez lui, fonctionnaient par compartiment : quand il en ouvrait un, celui de ses relations avec vous, par exemple, du même coup, il fermait hermétiquement tous les autres. Ainsi : américain, il le paraissait — que dis-je, il l'était totalement, sans la moindre fausse note, parfaitement, à cent pour cent, avec toute la vérité que vous et moi sommes capables de reconnaître immédiatement chez un Yankee. Fils authentique des damnés de la terre : à moi, auquel il avait fini par s'ouvrir de cette autre dimension de lui-même, et tout au long de ses tragiques retrouvailles avec son passé, au sein du

Comsup, il donnera l'impression de n'être que ça, de ne se préoccuper que de ça et, comme pour dissiper tout malentendu, tout doute à ce sujet, il fournira de la continuité de son appartenance au monde de ses origines la preuve la plus éclatante qui soit, et la plus invraisemblable dans sa vérité même : le déclenchement de la révolution en Arabie à partir — écoutez bien ceci — à partir de la *Mosquée Sacrée de La Mecque,* c'est-à-dire à partir du lieu que tout musulman est, en principe, tenu de n'approcher qu'avec le plus grand respect, et qu'il est donc inconcevable, qu'il est sacrilège, d'imaginer exposé à la moindre manifestation de haine, encore moins à de sanglants désordres.

Bref, Dick, votre gendre vivait l'excès en toute chose — mais en chaque chose séparément, et peut-être n'avait-il pas d'autre choix pour concilier en lui-même ses multiples contradictions. Permettez-moi d'avancer cette hypothèse, Professor : je suppose que parce qu'il était trop déchiré, Youcif n'avait qu'un seul moyen pour éviter d'exploser complètement, pour ne pas se laisser pulvériser par le tiraillement, pour continuer tout de même à vivre *pleinement* mais *à part* chacune de ses innombrables contradictions, sans chercher à les lier les unes aux autres ? Autrement dit : être excessif, Youcif l'était par excellence, mais, à mon avis — ne serait-ce pas uniquement ainsi qu'on pourrait expliquer ses outrances ? —, c'était dans ses excès mêmes qu'il puisait le courage de continuer à vivre. Cependant, et c'est ce qu'il faudrait également garder présent à l'esprit pour bien comprendre ma subtile théorie, distingué Professor — ses excès, il les vivait avec méthode, avec une parfaite maîtrise de lui-même, avec une force d'âme et de caractère inégalable, répugnante, même, à certains égards — comme vous allez bientôt vous en rendre compte —, sans jamais mélanger les genres, les personnages qui s'entre-déchiraient en lui. Un Youcif authentique pour chaque situation. Et, à mon sens, sans que ce fût non plus de la dissimulation, ni de l'affectation. C'était ça un homme d'expérience, me suis-je souvent dit depuis sa mort : il ne pratiquait pas le mélange des genres et il était entier dans chacun.

Mentalité du rescapé vis-à-vis d'un monde perçu toujours comme hostile ? Peut-être. Juif à sa manière, en quelque sorte. J'aurais même tendance à croire qu'en vivant à fond ses différentes apparences, au point de réussir à faire passer chacune d'elles pour le véritable lui-même, il cherchait à préserver son univers intérieur trop fragile, trop vulnérable, de l'intrusion d'un monde extérieur où les laissés-pour-compte comme lui n'avaient pas réellement leur place. Pensez donc à votre femme, à Joyce, Professor et imaginez Youcif commençant à l'entretenir de son désarroi. Ou même à vous-même : comment auriez-vous réagi ? Pour vous, il était l'intellectuel immigré parfaitement assimilé, équilibré. Pas de valium, rien. Ni hash, ni rien. *Young Democrats,* etc., un point c'est tout. Rien d'autre. — Oui, mais un passé quand même différent de celui de la majorité : — Exact, auriez-vous répondu, mais en Amérique, on laisse son passé au vestiaire. L'Oncle Sam vous accueille sur cette terre des miracles, comme si vous étiez frais et pimpant, innocent, surtout quand vous avez le calibre intellectuel de Youcif. A vous de jouer. A vous de réussir, d'arriver. Votre passé, votre peine : c'est bon peut-être pour les romans, mais l'Amérique, elle, elle s'en fout, elle vous juge par votre capacité à étonner les autres, par votre réussite à l'américaine. Regardez Kissinger : il en est la preuve.

CHAPITRE 13

En bon rescapé, Youcif ne pratiquait pas le mélange des genres vis-à-vis des autres, disais-je. Nuançons un tout petit peu quand même : sauf, très vraisemblablement, avec Ann. Et sauf dans l'amitié qui nous a liés, lui et moi, car il me fut donné de voir les cloisons qui séparaient les compartiments de sa multiplicité et de ses outrances s'effondrer un à un, si bien que je peux affirmer, mon cher Dick, sans trop risquer de me tromper, que j'ai ainsi connu dans le même Youcif, à la fois, par exemple, l'homme tendre et l'homme dur. Excessivement tendre et excessivement dur. Tendre et rêveur : comme peut l'être le plus sensible des poètes, et c'est ainsi que je me souviens de lui lorsque je pense à notre première rencontre à Harvard. Dur et sans pitié : comme peut l'être le plus monstrueux des bourreaux. Sur ce dernier chapitre, voici un épisode de sa tumultueuse vie clandestine de ces dernières années, un épisode qui vous donnera une idée du personnage odieux qu'il pouvait également être. C'est une histoire qui reste unique dans le genre abominable, même pour le personnage sans cœur que je suis sans doute à vos yeux et qui, sur le chapitre des choses cruelles, en a vu d'autres, je vous assure.

Cela se passait en pleine période d'« assainissement » des affaires de la section américaine du Comsup divisée, à l'époque, comme je vous le disais, entre mille factions : pro-américaine, pro-soviétique, que sais-je encore, et qu'il était chargé de ramener au strict respect de la ligne du Chef suprême, le vénérable Al-S — que Dieu ait son âme, pauvre vieillard. Pour affirmer de façon incontestable son autorité au sein de la section, Youcif avait décidé de recourir à la vieille méthode, sans doute héritée de ses jours de lutte pour l'indépendance de l'Algérie, de l'épuration aveugle et exemplaire, en procédant à une série d'exécutions spectaculaires, et qui le seraient d'autant plus que les victimes seraient, aux yeux de tous les militants, manifestement innocentes.

Un jour, donc, il m'appelle au numéro convenu entre nous pour les cas d'urgence, puisqu'en temps normal c'est moi qui lui téléphonais, il m'appelle et laisse un message au « Professor » — mon nom de code, convenu également entre nous — pour qu'il rappelle son « frère » — son nom de code à lui. Ce que je fais une heure après, je m'en souviens.

Il réclamait une entrevue — immédiatement : c'était urgent, très important, des problèmes de « famille » très graves. Nous convenons de nous voir sur le toit de l'une des tours du World Trade Center, notre lieu habituel pour les rendez-vous de travail — « le Paradis », dans notre langage codé, ainsi appelé en raison de la hauteur vertigineuse de ce bâtiment, qui le hausse souvent au-delà des nuages, comme ce devait être le cas ce jour-là, qui le rapproche du ciel, ciel très bas, et donc pour ainsi dire de Dieu.

Il m'attendait. J'arrive.

Il était parfaitement calme, semblable à ce qu'il était quand il avait une demande à me présenter. Dans de tels cas, il ne s'explique pas, il ne donne pas de raisons — il me dit simplement : « je veux ça, ça et ça » ; et moi, fidèle aux termes de notre pacte, j'écoute et puis je réponds : « O.K. Rien d'autre ? », sans trop poser de questions, ni chercher à infléchir son action, de quelque façon que ce soit. Cette fois, c'était donc pareil. Ou à peu près.

Dès que j'arrive, il me dit :

— J'ai besoin d'une maison de campagne paisible et pas très loin de New York mais assez isolée, bien isolée même. Il faut qu'elle ait une grande cave et j'aimerais que tu fasses aménager la cave et que tu l'équipes de tous les instruments de torture nécessaires pour faire sautiller de joie mes copains du Comsup-U.S.A. avant que je les expédie là-haut, auprès du Seigneur, goûter à l'extase suprême...

Je sens un léger frisson me parcourir l'échine, mais je continue à l'écouter. Il poursuit sur le ton de quelqu'un qui sait ce qu'il veut, le débit légèrement accéléré :

« Je compte sur toi pour que soient installés les gadgets les plus sophistiqués qui soient et qui, surtout, permettent de graduer le plaisir. C'est très important, ça : que je puisse faire varier l'intensité du plaisir à ma guise, car je voudrais faire parler mes bons copains militants le plus longtemps possible. Je voudrais qu'ils vomissent tout ce qu'ils ont dans le ventre, — les salauds !

— Comment peux-tu être sûr qu'ils sont coupables ? demandai-je.

Il me regarde, mi-étonné, mi-amusé par ma question, mais en fait réprimant mal en lui une rage qui sans doute bouillonne fortement et il me dit :

— Tu plaisantes ? S'ils sont coupables ! On est toujours coupable dès qu'on touche à la politique, à plus forte raison quand on est un gueux, un sous-développé. Oui, tous ces gueux, ces sous-développés, tous ces tard venus à l'Histoire : tu penses bien qu'ils ont du pain sur la planche, du retard à rattraper ! Tu as voyagé, non ? Tu les as vus, bon sang ? En Afrique, en Asie... Tu as vu tes délicieux copains arabes ? Ils sont tous jusque-là, jusqu'au cou, dans la culpabilité, dans l'horreur, des salauds, tous, actuels ou potentiels, sans exception : tu le sais très bien. Et toujours au nom du peuple. Toujours. Crois-moi, je n'invente rien : grâce à toi je ne ferai tout simplement qu'apporter une petite touche personnelle, qu'ajouter une toute petite nuance d'art à des pratiques courantes.

— Étrange, je dis. Étrange façon de voir les choses. Pourtant tu te poses en sauveur, sans compter que tu prétends chercher ton propre salut dans toute cette affaire. Mais n'insistons pas. Ne crois surtout pas que je te juge. Je suis légèrement surpris, voilà tout. Mais passons. Pour quand veux-tu ton « centre d'extase », comme tu dis ?

— Pour le week-end de cette semaine. Vendredi.

— O.K. Pour combien de temps en as-tu besoin, pour longtemps ?

— Quelques mois, répond-il, après un instant de silence sans doute passé à faire un très rapide calcul, avant de préciser : disons trois mois.

— O.K., dis-je de nouveau, avant de le prier de me rappeler jeudi en fin de matinée pour que je lui remette les clefs et les indications nécessaires.

C'est alors qu'il me surprend en me disant : « Non, Professor, pas la peine de me remettre les clefs. On se voit seulement pour que tu me remettes les indications nécessaires, car je voudrais que tu nous attendes sur les lieux, mes invités et moi. J'aimerais que tu sois de la fête. »

Cette fois je ne réagis pas tout de suite. Je réfléchis un moment, intrigué, mais je finis par acquiescer.

La « fête » à laquelle j'étais convié n'allait pas être, hélas ! des plus drôles, à moins que vous ayez un sens spécialement pervers de l'humour, et que vous vouliez appeler *fête* l'orgie de supplications et de hurlements de douleur dont je fus témoin, dans les montagnes blanches du Vermont, au cours de ce week-end avec Youssif et ses « invités ». Ce week-end là, en effet, le seul que j'acceptai de passer à savourer ce genre de plaisirs, il me fut donné d'observer de près cette capacité terrifiante — extraordinaire, même pour l'agent secret endurci que je suis — qu'avait Youcif de vivre jusqu'à son extrême limite chaque dimension de son être.

Il y eut trois invités. Deux jeunes Arabes, étudiants aux U.S.A., et un Palestinien, un peu plus âgé qu'eux, dans le civil libraire quelque part à Manhattan, tous les trois membres du Comsup-U.S.A. et tous les trois en définitive innocents de toute activité déviationniste. Ils ne vinrent pas se joindre à notre charmante compagnie tous les trois à la fois, mais séparément : un, le vendredi soir ; l'autre le samedi après-midi, et le troisième, le dimanche vers midi.

Le sort qui devait leur être réservé était cependant le même. A l'arrivée de chacun, Youcif se tenait à la porte d'entrée avec, derrière le dos, une corde qu'il lançait habilement autour du cou de l'heureux invité dès qu'il avait franchi le seuil de la porte. J'étais caché derrière et mon rôle était de tirer sur la corde sans toutefois étrangler le type, mais juste assez pour l'assommer et pouvoir le terrasser sans difficulté. Youcif se dépêchait ensuite de lui injecter une forte dose d'un somnifère qui vous met tout de suite au lit, après quoi nous ligotions les mains et les pieds du pauvre diable qui était ensuite descendu dans la cave où l'attendait le nirvana — ou les délices de l'ultime voyage vers le Suprême, si vous voulez.

Il me revenait, à moi, la séance terminée, de livrer le cadavre à son destinataire. Il le trouvait dans le coffre d'une voiture que je parquais dans un endroit qu'il pouvait facilement repérer en suivant les indications données préalablement par téléphone à partir d'une cabine publique et d'une voix que je modifiais chaque fois grâce à un gadget qui la rendait méconnaissable. Les chanceux bénéficiaires de ces beaux cadeaux étaient évidemment les meneurs supposés des différentes factions de la section U.S.A. du Comsup, et l'idée était de les faire réfléchir au merveilleux sort qui pourrait les attendre eux-mêmes s'ils ne s'inclinaient pas vite devant lui, Youcif, nouveau représentant principal d'Al-S en Amérique, détenteur de la ligne orthodoxe.

Alors que vous dire de plus sinon que j'ai rarement vu votre gendre aussi imperturbable, méticuleux, méthodique, et soucieux d'une seule chose : l'efficacité, le travail bien fait. C'était horrifiant. Je vous répète : même moi, qui pourtant avais été témoin, dans plusieurs joyeuses républiques africaines, par exemple, de bien des choses étonnantes au cours de ma longue carrière de gladiateur de la nuit, je n'ai pas pu réprimer en moi un frisson d'effroi quand les trois cadavres soigneusement ficelés et qui reposaient paisiblement, côte à côte, sur la grande table de la cuisine se sont offerts à mon regard un peu distrait qui revenait de sa contemplation des montagnes couvertes de la neige éblouissante du Vermont, et je me suis alors demandé : « Quel acte abject n'imaginerait-il pas pour exorciser ce qui le hante ? »

CHAPITRE 14

Pendant que je vous parle et que vous m'écoutez, Dick, je peux aisément vous imaginer dans votre chambre à l'hôtel « Le Pierre », chambre au luxe fin, à la française, le genre qui sied à l'homme de goût que vous êtes. Je vous imagine bien calé dans un fauteuil profond et confortable, pipe à la bouche, comme toujours, un bon gin tonic devant vous, et pendant que votre regard est perdu dans son errance à travers l'immense enchevêtrement d'arbres nus de Central Park, Central Park qui vous fait face, je présume, à cet instant même, stoïque et digne dans sa sereine et combien poignante attente automnale d'un hiver dont vous connaissez autant que lui, autant que moi, les rigueurs, vous écoutez... Vous m'écoutez patiemment alors que je débite des histoires plus invraisemblables les unes que les autres, dont certaines sont franchement abominables et toutes plus ou moins enrobées dans des considérations à faire exploser d'impatience les êtres normalement les plus doux, les plus calmes, et j'imagine qu'à ce stade de mon conte pour voyageurs insomniaques vous n'en pouvez plus : — Mais, nom de Dieu, vous demandez-vous, excédé, qu'est-ce que tout ça a à fabriquer avec Youcif, le Youcif d'Ann, le Youcif d'Amel, le Youcif de Joyce, même ; le Youcif que je connais, moi, Dick Casey, notre cher Youcif ? Expliquez-moi, Mister Hutchinson, dites-moi ce que vos pompeuses, vos vaseuses, vos prétentieuses théories sur l'intérieur et l'extérieur, sur le déchirement et les excès qu'il engendrerait, semble-t-il, dites-moi ce que vos sordides insinuations au sujet du caractère de mon gendre, dites-moi ce que vos « Comsup », vos « Al-S », vos section ceci, section cela, dites-moi ce que tout cela a à faire avec le fait que le mari de ma chère et unique enfant que le destin m'a ravie, le père de ma chère et unique petite-fille, désormais mon seul espoir, se soit trouvé, sans doute par votre faute, mêlé à des manigances qui lui ont coûté la vie ? Et où, de plus ? En pleine Mosquée Sacrée de La Mecque ! Oui, dans la propre maison d'Allah, nom de Dieu !

Si telle est votre réaction, Dick, je la comprends. Je conçois que vous ne puissiez réagir qu'ainsi, vous pour qui Youcif n'était *que* le magnifique mari d'Ann, *Young Democrats,* le parfait Américain, etc., et rien d'autre. Donc, je m'incline. A votre place, je réagirais de la même façon. Quelle chance d'ailleurs que vous n'ayez pas encore balancé par la fenêtre cassettes et magnétophone avec ! Je l'aurais fait, moi, si je m'étais trouvé, comme vous l'êtes maintenant, soumis à un si odieux, un si infâme lavage de cerveau qui s'ingénierait à me faire avaler l'idée que mon honorable et bien estimé gendre, mari merveilleux de mon unique enfant et tout le tralala n'était en fait qu'un ignoble personnage, un terroriste de la pire espèce. Dans un tel cas, moi aussi je dirais : « Pardon ? C'est à moi que vous parlez ? Vous êtes cinglé, non ? Ça ne va pas, non ? Mon gendre : un terroriste ? Vous voulez que je vous intente un procès en diffamation ? »

Pourtant, mon cher Professor Casey, tout ce que je vous ai raconté jusqu'ici, ainsi que ce qui va suivre, est strictement vrai. Ce n'est pas moi qui invente l'horreur, la damnation, figurez-vous : elles sont de tout temps là. *The horror, the horror!* dirait... Conrad, si mes souvenirs littéraires sont exacts. Vous avez raison, cependant, de commencer à vous impatienter, car je n'ai sans doute pas été suffisamment précis jusqu'ici, je ne vous ai pas décrit avec toute la clarté souhaitable le chemin qui avait conduit Youcif de son premier voyage en Arabie, au printemps 1976, date à laquelle il fut recruté par le Comsup — le Comité Supérieur pour la Révolution en Arabie, le fameux Comsup — jusqu'à sa mort chez Allah, sous les balles des policiers de la tribu régnante aidés par des tireurs d'élite fournis par nos services secrets... à ma demande. Oui, Dick : des tireurs d'élite fournis par nos services, à *ma* demande. Ne sursautez pas, je vous prie, du calme. Odieux, mon comportement ? Possible, j'en conviens. Mais vous ne croyez quand même pas que devant l'échec éclatant de Youcif et devant l'effondrement total de son aventure, j'allais m'amuser à le laisser vivant pour qu'ensuite les tortionnaires de la police secrète arabe, avant de le liquider, lui arrachent à loisir ses secrets et mettent ainsi à nu mes doubles jeux, mes complexes et machiavéliques machinations tous azimuts au service de l'Amérique. Allons, vous plaisantez ! Non, non, mon cher Dick, Youcif avait manifestement échoué et il était irrémédiablement perdu : autant alors s'en débarrasser au plus vite et le plus sûrement possible. C'est pour cela que, la mort dans l'âme — oui, la mort dans l'âme, car c'était un ami —, j'ai fait appel à nos tireurs d'élite qui ainsi ne risquaient pas de le rater. Pardonnez-moi ma brutale franchise, Professor. Vous, âme sensible, vous qui êtes un peu poète, mystique sur les bords, me disait Youcif, je doute fort que vous savouriez mes lugubres histoires. Sachez cependant que Youcif, lui, m'aurait fait liquider sans la moindre hésitation si ç'avait été moi qui m'étais trouvé de l'autre côté. A ma place, il aurait fait exactement la même chose. Mais qu'importe, venons-en à ce que je vous promettais tout à l'heure, c'est-à-dire à un récit exact, le récit de ce qui s'est passé depuis ce printemps 1976.

Laissez-moi toutefois revenir encore et, ne serait-ce que brièvement, en arrière, et vous dire comment j'avais d'abord, moi, pour mon propre compte et avant le Comsup, recruté Youcif. Enfin, recruté... disons plutôt *investi* en lui. Investissement à long terme, en attendant qu'un jour il pût être rentable, et il le sera et combien ! Je ne serai pas déçu.

Vous vous souvenez de mon délicieux hiver à Cambridge ? C'était arrivé après. Une grande, sincère amitié existait maintenant entre nous. Ann et lui n'avaient pas tardé à se marier quelques mois après leur retraite studieuse à Harvard University, je me rappelle, et le jeune couple, installé désormais à Manhattan, allait devenir très proche de moi à un moment où la fuite de ma femme avec son amant le chauffeur de taxi avait également fait s'éloigner de moi tous ceux qui, quelques semaines encore auparavant, se proclamaient nos meilleurs amis, mes meilleurs amis. Rappelez-vous, je vous le disais tout à l'heure, nos deux gosses, on avait décidé, Dorothy et moi, en raison de la situation et quand finalement une toute petite lueur de sagesse fut revenue à ma charmante épouse après quelques semaines de puissante passion passées aux Bahamas dans les bras de son malabar de Jo — nous avions, dis-je, elle et moi, décidé, d'un commun accord, de confier nos deux mômes à un internat, dans le Connecticut, pour enfants de bonnes familles et, ainsi, du coup, je me trouvais sans le moindre lien familial, sans le moindre souvenir de ce qu'était ma vie mondaine du temps où j'étais ce qu'on appelle un père de famille, père de famille pas très tranquille, c'est vrai, vu mes fébriles occupations secrètes, mais père de famille quand même, avec ses amitiés spécifiques et un genre de vie adapté à sa condition d'homme marié qui, avec sa femme, recevait beaucoup et de manière qui suscitait facilement les vocations d'amitié chez leurs invités dès qu'ils avaient eu l'occasion de goûter une première fois à nos fastes. Avec la fuite de Dorothy, tout ce joli petit monde s'était soudain évaporé, et il n'allait rester à votre serviteur pour guérir son spleen et oublier son chagrin que la chaude amitié nouvellement liée avec votre gendre et sa jeune femme. Leur appartement au 300 East 51st Street me deviendra familier durant tous ces mois difficiles et le demeurera même quand mon spleen m'aura quitté et que j'aurai décidé de profiter de mon nouveau statut de super-espion qui se trouvait célibataire malgré lui et qui disposait de gros moyens pour mener la grande vie.

L'idée de lancer *Young Democrats* était venue à Youcif au cours de son séjour *post mortem* à Harvard — la mort à laquelle je fais allusion étant évidemment la défaite du Parti démocrate aux élections présidentielles de 1968. Youcif voulait faire quelque chose pour « purifier le Parti », me disait-il, qui était, selon lui, souillé par cet horrible péché qu'était la guerre du Vietnam. Il voyait dans la revue qu'il rêvait de lancer — je dis : *rêvait,* car il lui manquait, ainsi qu'à Fred O'Donnell qu'il tenait à associer à son aventure, l'argent — il voyait donc dans la revue rêvée un instrument de remise en cause radicale, un moyen de s'attaquer sans ménagement à la philosophie sociale, économique, politique du Parti, ainsi qu'aux mécanismes de son fonctionnement marqués jusque-là par l'exclusion des minorités raciales, ethniques, par l'exclusion de tous ceux qui dans la société américaine pouvaient, aux yeux de votre gendre, ressentir dans leur chair même la tragédie que vivaient les Vietnamiens, et qui étaient donc susceptibles de transformer l'Amérique de l'intérieur pour tisser entre elle et les peuples damnés de la terre une alliance du cœur.

Un soir, invité à dîner chez mes nouveaux amis, je trouve Youcif l'air préoccupé. Je le connais maintenant suffisamment pour être capable de déceler certains signes d'inquiétude chez lui. Ann, croyant me faire plaisir, avait invité une jeune Française venue à New York pour effectuer des recherches, disait-elle, sur un peintre connu, paraît-il, pour ses tableaux qui représentaient des cœurs poilus ou des robes de chambre de tout genre. Ann venait de faire la connaissance de cette petite Parisienne dans une galerie d'art — je dis « Parisienne », car la mignonne était bien de Paris — et elle l'avait trouvée sympathique et l'avait donc invitée à notre dîner, croyant bien faire. Hélas ! je ne vais pas tarder à m'apercevoir à quel point notre jolie demoiselle de Paris — car, oui, physiquement ce n'était pas du tout une mauvaise pièce — je ne tarde pas à me rendre compte, dis-je, à quel point, hélas ! elle était prétentieuse, avec ses jugements à l'emporte-pièce et ce côté agaçant chez certaines Françaises qui, étant légèrement jolies, se mettent à penser qu'elles pourraient aussi, pourquoi pas, être savantes, et alors ne ratent pas une occasion de vous en foutre plein les yeux et du coup, hélas ! vous gâcher le plaisir d'une soirée, comme celle-là, par exemple, qui aurait pu se passer à filer l'amour doux. Moi, de toute façon, ce soir-là, chez vos enfants, Dick, je comprends très vite le truc : je ne suis pas du tout impressionné, la petite ne m'intéresse pas ; je dirais même franchement qu'elle commence à me taper sur les nerfs, si bien que sitôt levés de table et pendant qu'Ann et elle s'affairent dans la cuisine, me voilà qui profite de l'aubaine pour changer de sujet et je demande donc à Youcif, debout devant la baie vitrée du salon, en train de contempler, l'air manifestement soucieux, la vaste mosaïque de lumières et d'obscurité qui s'étendait devant son regard, à quoi il pense.

— A l'argent qui me manque pour ma revue, me dit-il : voilà à quoi je pense, car je me rends compte, après tous nos efforts, ceux de Fred, les miens, que peut-être nous serons contraints de renoncer au projet.

— Mais vos amis ? dis-je. Et le père de Fred, le sénateur O'Donnell ? Et tous ces autres sénateurs bourrés de fric ? Et tous ces héritiers de grosses fortunes ? Rien de ce côté-là ?

— Hélas ! rien, répond-il, laissant échapper un profond soupir. Rien. C'est la peur. Nous avons les barons du Parti contre nous. Ils ont peur de nous. Peur de moi surtout. Ils ne savent pas où me classer. Le langage que je parle est trop dangereux pour leurs fragiles certitudes. Ils tiennent à leurs erreurs. Ils s'accrochent à leur vision du monde, parce qu'ils savent que si, d'une façon ou d'une autre, cette vision venait à être, si peu soit-il, dérangée, elle ne résisterait pas longtemps à l'assaut de la vérité et elle s'écroulerait. Ils me rappellent d'autres barons, les barons de la gauche européenne, toutes tendances confondues, qui eux aussi, face aux premières secousses qui commençaient à se faire sentir à travers leurs empires, se crispaient, fermaient les yeux pour prolonger un peu plus longtemps la douce illusion et n'allaient pas hésiter en fin de compte à s'allier à la droite la plus réactionnaire pour « sauver », disaient-ils, leurs colonies. C'est ce que font aujourd'hui les barons du Parti démocrate — et moi je suis manifestement l'empêcheur de danser en rond, je dérange trop. Alors c'est *niet* : pas un sou ; je n'aurais pas un sou pour lancer *Young Democrats*. Une véritable cabale pour étouffer les voix du changement — crois-moi.

Je regarde Youcif pendant qu'il regarde, absent, je ne sais quelle chimère, je ne sais quelle idée folle, quel rêve fou qui sans doute scintille par moments dans la mosaïque de lumières et d'obscurité perdue dans l'immensité noire au-delà de la baie vitrée, rêve fou qui scintille et que son regard sombre essaie sans doute de fixer ne fût-ce qu'un instant...

Ah, Dick, les hommes des chimères, des idées folles, des rêves fous, ces êtres qu'attend toujours un fabuleux destin — si vous saviez la joie sublime que je ressens quand il m'arrive dans ma carrière insensée d'en dénicher un, vous ne me croiriez pas ! Non, vous ne me croiriez pas. Tout d'un coup j'ai le sentiment de me trouver en face non point d'un être humain qui vit une vie, sa vie, comme n'importe qui vit la sienne, ordinaire quoi que l'on dise, avec ses hauts et ses bas conventionnels — mais devant une vie qui se veut *chef-d'œuvre*. Oui, *chef-d'œuvre*. Ou plutôt devant une vie qu'un dieu merveilleux, génial, artiste, qui pense à notre pur plaisir, au pur plaisir de gens comme moi, blasés et foutus et que plus rien d'humain, d'ordinairement humain, sur cette foutue planète désormais n'émeut — devant une vie donc que ce dieu magnifique a prédestinée. Oui, prédestinée pour qu'elle soit un chef-d'œuvre fait de choses éclatantes, fascinantes, stupéfiantes, étonnantes, incroyables, si incroyables qu'elles vous laissent songeur, de même qu'un beau poème, un beau concerto, un beau tableau vous laissent longtemps rêveur, vous transportent hors de vous-même et de cet univers plat, et vous ouvrent des horizons peu communs sur une autre réalité, vous *mettent* en contact avec une réalité transcendante. Et le coup de La Mecque, dites-moi Dick, le coup de la Mosquée Sacrée de La Mecque, le sacrilège de La Mecque, n'était-il pas précisément ce genre de merveilleux poème ? Sans doute le plus beau poème jamais conçu par un être humain, car imaginez. Imaginez, Dick. Imaginez quelqu'un qui pourtant se dit musulman et qui vous fout la pagaille chez Allah lui-même. N'est-ce pas un chef-d'œuvre, ça, dites-moi ?

N'est-ce pas une merveille de vie, ça, avouez ? Je le répète : ces chefs-d'œuvre-là, moi, Hutchinson, l'espion fou mais drôlement blasé dans ce foutu monde, je passe mon temps à les chercher partout sur cette foutue terre ; et comme je sais en flairer la présence, comme, par je ne sais quelle prémonition de mon côté aussi, je sais très vite les reconnaître lorsque la chance les place sur mon chemin, — j'ai tendance à jubiler, à exulter, à éprouver des moments de bonheur extraordinaire, vous dis-je, lorsque la chance me sourit, lorsque avec certitude, une certitude intuitive, je peux me dire : ça y est, je suis devant l'oiseau rare. Or ce soir-là, au cours de ce dîner chez vos enfants, alors que je regardais Youcif, grand et taciturne, debout devant la baie vitrée, absorbé dans la poursuite de je ne sais quel rêve, j'avais ressenti très fort la certitude dont je vous parle, Dick, et je m'étais alors dit à moi-même : ça y est, je suis devant mon bonhomme, il faut investir.

Ce soir-là, Dick, longtemps avant le sacrilège de La Mecque, le soir de ce dîner chez les Muntasser, dans leur appartement du 300 East 51st Street à Manhattan, — ce soir, Dick, pendant que Youcif, avec la ferveur qui était la sienne, me parlait de ses soucis, de ses rêves, de son rêve de changer le monde, du sentiment du tragique qui l'habitait et qui se ravivait en lui, me disait-il, chaque fois qu'il voyait la misère dans les yeux d'un enfant noir, indien, portoricain ou vietnamien ; chaque fois qu'il entendait les jugements méprisants ou paternalistes des riches sur les pauvres ; chaque fois qu'il se souvenait de certaines photos, à la une du *New York Times* ou du *Manhattan Chronicle* de votre ami Stanley Burleson, photos qui représentaient de malheureuses paysannes vietnamiennes, pourchassées comme des rats par les B-52 et leurs bombes, serrant leur bébé contre elles, geste effrayé, impuissant et dérisoire ; — ce soir-là, Professor Casey, pendant que Youcif parlait et que débarrassé maintenant de la petite Parisienne, je regardais ses mains délicates aux longs doigts de temps à autre s'animer et imprimer à l'espace devant lui un mouvement, un contour, une dimension, comme pour le faire vibrer au flot des idées et des rêves, j'eus l'incroyable, l'extraordinaire pressentiment d'être en cet instant-là même en présence d'un homme qu'attendait un fabuleux, un merveilleux, un unique destin et dans lequel il fallait tout de suite investir — et ainsi, avant votre assistant au Service de psychiatrie de l'Hôpital Central de Riyad, avant Hyder, j'avais investi, Dick, car deux jours après, je proposai à Youcif un chèque — pognon secret de l'Oncle Sam, ça va de soi, mais lui, Youcif, ne le savait pas — un chèque de trois cent mille dollars, la somme dont il avait besoin pour assurer un minimum de deux ans de publication, le temps pour *Young Democrats* de démarrer, et ce chèque, Youcif l'avait accepté, puisque pour lui il venait d'un ami riche qui entendait l'aider : il ignorait à ce moment-là qui j'étais en réalité ; il ne le saura que quelques années plus tard, après son premier voyage en Arabie, au printemps 1976, où l'attendait le destin — où l'attendait votre assistant, le diabolique Dr. Hyder, pour l'emmener en petit pèlerinage à La Mecque et en faire ensuite un agent clandestin du Comsup aux U.S.A.

Pensez donc de moi ce que vous voulez, Dick, mais je vous le répète, ce n'est pas moi qui ai *manipulé* votre gendre bien-aimé, je n'ai fait qu'investir en lui pour le Bien de l'Amérique par la voie pacifique de *Young Democrats*; c'est Hyder — oui, c'est bien votre diabolique assistant pakistanais — qui l'a manipulé et conduit — sans le vouloir peut-être — à ce point-là — jusqu'au drame sanglant de la Mosquée Sacrée de La Mecque. Et je vais vous raconter comment, à mon avis.

CHAPITRE 15

Évidemment, on se demandera toujours pourquoi Youcif s'est emparé de la Mosquée Sacrée. Acte étonnant, superbe ? Soit. Ne mélangeons tout de même pas les genres, car ça, c'est mon jugement à moi quand je pense à cette vie extraordinaire qu'a été la sienne et à la façon splendide dont elle a fini — en véritable apothéose, en magnifique feu d'artifice de notre 4 Juillet : ça n'explique pas pour autant l'acte sacrilège de la Mosquée Sacrée. Était-ce un défi à Allah ? Se vengeait-il d'Allah pour lui avoir ravi Ann ? Pour lui avoir ravi son bonheur ? Possible. Fort probable même.

Réfléchissons un moment. Votre assistant, le Dr. Hyder, emmène Youcif chez Allah, à la Kaâba — vous vous souvenez. Youcif est ravi, ce jour du printemps 1976, de renouer les liens avec une vieille connaissance, avec son enfance, Allah, le Paradis et toute la musique. Le Coran et le reste dont vous avez sans doute entendu parler, Dick. Oui : le Paradis pour les enfants sages qui craignent Allah et se soumettent sans broncher à son autorité ; l'Enfer pour les autres qui y resteront pour l'éternité. Donc Allah, le Paradis, les Anges... — toute l'antienne heureuse mais perdue de l'enfance, quoi ; antienne que Youcif, en ce jour du printemps 1976, — embarqué par votre assistant pakistanais qui faisait de la subversion clandestine, sans que vous le sachiez — retrouve intacte à La Mecque, comme si Derïana était de nouveau là, comme si l'aube du muezzin de Derïana n'avait jamais disparu.

Dès qu'il met les pieds dans la Mosquée Sacrée et qu'il prononce sa première invocation à Allah, à l'Allah de son enfance, vieille connaissance, Youcif est bouleversé. Il sent en lui l'Occident s'effriter. Cent mille milliards de morceaux, mille tonnes de poussière emportés par le vent chaud qui souffle ce jour-là sur La Mecque : tel est le sort qui attend votre superbe Occident à la Mosquée Sacrée, Dick. La magie est là. Allah le merveilleux, maître de la magie, supermagicien qui fait renaître Derïana de ses cendres. Le contentieux est réglé : Youcif renoue. Il renoue avec Allah et va passer cette journée du printemps 1976 à la Kaâba, à la Mosquée Sacrée, à prier, invoquer, chanter, psalmodier, délirer. Youcif le déchiré. Youcif l'excessif. L'extase, quoi. La griserie extatique. Notre ami retrouve ses origines. Par un acte magique d'Allah le temps est retrouvé. Grâce à la Kaâba... La mélodie langoureuse du Coran, d'autrefois, revient, l'univers est transfiguré. Youcif renaît — ô Allah ! Seigneur Dieu ! Seigneur ! Il invoque, il invoque Allah. « Seigneur ! s'écrit-il, approchant de la Kaâba, je compte faire la circumanbulation de ta Maison Sacrée, facilite-moi la tâche et accepte de moi les sept tours, pour la Gloire de Dieu. » Sept tours rituels de la Kaâba — la circumanbulation — il va les faire, et tour à tour, il invoque et il supplie l'Éternel, les larmes aux yeux. « Seigneur ! lance-t-il, je cherche au près de Toi un refuge contre l'immoralité et les calamités qui peuvent menacer Ann et Amel. Seigneur ! Je t'implore, j'implore ta grâce et te demande le Paradis. Garde-moi de ta colère et de l'Enfer. Seigneur ! Je cherche auprès de Toi un refuge contre l'épreuve de la tombe, contre la tentation et le désarroi durant la vie et après la mort. »

Étrange, Dick, n'est-ce pas ? Un Youcif totalement inconnu de vous. Ce jour-là à La Mecque, le voilà qui tourne, qui tourne autour de la Kaâba, enveloppé dans son pagne, l'épaule droite nue et la tête découverte comme le requiert le rite de l'état de sacralisation. Il tourne autour de la Kaâba, il invoque Allah, le maître de son enfance qu'il vient de retrouver. Il tourne et il invoque, l'extase dans le cœur et les larmes aux yeux. La voix tremblante supplie : « Seigneur Dieu ! Que ma foi en Toi soit complète, que ma conviction soit sans faille et que mon cœur soit plein de soumission envers Toi, que ma langue puisse toujours te glorifier et que mon repentir soit définitif... Seigneur Dieu ! Je suis ton serviteur, fils de ton serviteur. Je suis debout sous ta porte, réfugié sur ton seuil, j'étale mon humilité à tes pieds, je supplie ta miséricorde et je crains ton châtiment, Toi dont la bienveillance est éternelle. » Au pied du mur de la Kaâba, la voix étreinte par l'émotion s'élève gémissante vers son Seigneur : « Seigneur ! je te demande de me décharger de mon fardeau, de purifier mon cœur, d'illuminer ma tombe, d'absoudre mes péchés et de m'accorder les plus hauts degrés du Paradis. Amen. »

Amen, Dick. Vous voyez bien ! Youcif le multiple, Youcif l'écartelé, Youcif l'excessif. Vous voyez bien ! Je vous ai prévenu. Vous voyez bien que l'homme qui, autour de la Kaâba, vient d'accomplir, l'âme nue, le plus excessivement possible, le plus sincèrement possible, les sept tours rituels de la circumanbulation et a invoqué, invoqué, invoqué, et sous le soleil de feu a supplié, supplié, supplié, cet homme qui vient de se débarrasser de tous ses accoutrements d'Occidental — de circonstance ? — et ne porte encore sur lui que son humble mais divin pagne immaculé, c'est un homme que vous ne connaissez pas.

Youcif lui-même, la veille, chez vous, dans votre villa à Riyad, en présence de votre ami Stanley Burleson, le journaliste du *Manhattan Chronicle* qui se trouvait pour quelques jours en Arabie, venu y enquêter sur la politique énergétique de son gouvernement —, en présence aussi du diabolique Dr. Hyder, en votre présence, en votre présence à vous tous, encore la veille, Youcif lui-même ne connaissait pas cet homme-là, l'homme qui vient de fondre en extase devant la Kaâba. Il l'avait oublié depuis très, très longtemps. Il croyait l'avoir enterré pour toujours dès qu'il s'était réveillé d'un rêve qu'il venait de faire sous un laurier-rose dans un oued desséché de Derïana, le jour des obsèques de ses parents adoptifs. Pourtant cet homme que tout le monde, y compris Youcif lui-même, croyait mort, le voilà, par la magie suprême d'Allah et de la Kaâba, revenu à la vie, à lui-même ; le voilà de nouveau en possession du chant d'autrefois, de l'aube des mélodies coraniques envoûtantes et sublimes d'antan. Le voilà, cet homme, Dick, maître du temps perdu, de Derïana, des origines retrouvées.

C'est dire à quel point votre diabolique assistant avait raison. Ne s'était-il pas dit que pour gagner Youcif à la cause d'Al-S, il fallait d'abord que Youcif revînt à lui-même, à cet antique lui-même, bafoué, humilié, saccagé, enterré, oublié, emporté par les vents de sable de la steppe de Derïana ? Oui, Hyder a réussi son coup. Le raisonnement de Hyder s'est révélé juste. D'une efficacité machiavélique. La veille de ce jour à la Kaâba, Hyder se dit que pour oublier Derïana, Youcif a dû se donner corps et âme à Satan, à l'Occident. D'autre part, au cours de cette soirée chez vous, Youcif apparaît à Hyder comme un personnage impressionnant, et Hyder se dit que l'expérience de Youcif dans les rangs du mouvement algérien de libération nationale pourrait être utile à la Cause, au Comsup, à la révolution qui se prépare en Arabie. Mais comment, comment convaincre Youcif, se demande Hyder ; comment en convaincre ce Youcif que — au cours de cette soirée que vous avez organisée chez vous, Dick, en l'honneur de votre ami Burleson — il sent toujours habité par le démon de la révolte, du changement radical, certes, mais chez qui il constate une déplorable indifférence mêlée de mépris à peine caché à l'égard des choses de l'Islam, de l'avenir de l'Islam, comment amener à la Cause cette âme perdue, se demande Hyder. Or, Hyder a l'avantage d'être un fin psychologue. Il n'est pas psychiatre pour rien, votre assistant, Dick. Pour lui, Youcif est une victime évidente de l'exil. C'est l'exil, aux yeux de Hyder, qui a réussi à éloigner Youcif si dangereusement de ses origines et donc à le détourner de son véritable destin. D'où l'idée diabolique et géniale de Hyder : pour que Youcif se réveille à lui-même, se réveille de son oubli de lui-même, renoue avec sa culture, avec son destin, et s'ouvre à la nouvelle espérance pour la réalisation de laquelle lui, Hyder, œuvre clandestinement, depuis des années, sous le leadership du vénérable Al-S, le chef suprême du Comité Supérieur pour la Révolution en Arabie —, pour que Youcif Muntasser, victime évidente de l'exil, accepte d'adhérer au Comsup qui a tant besoin de gens aussi remarquables que lui, la solution est simple : il suffirait qu'il soit trempé de manière très forte dans les émotions de son enfance, dans le Coran, Allah, le Paradis verdoyant où chantent les sources claires...

Car, voyez-vous, Dick, Hyder est certain qu'il vient de faire en Youcif une découverte de premier plan. C'est absolument l'homme qu'il faut, estime-t-il, pour les opérations du Comsup en Amérique, pour la section américaine du Comsup, ou « Comsup-U.S.A. », comme l'appellent entre eux nos conjurés ; Comsup-U.S.A. qui est déchiré par les luttes de faction, infiltré, noyauté par les services secrets du monde entier et qui a donc bien besoin, aux yeux de Hyder et d'Al-S, en raison de son importance capitale pour la réussite des événements qui se préparent en Arabie, d'être repris en main, d'être ramené dans la stricte ligne d'Al-S. Encore faut-il persuader Youcif. Oui, encore faut-il le persuader. D'où l'idée diabolique de votre assistant qui n'a pas assimilé toute la psychiatrie de l'Occident pour rien. D'où son idée géniale : faire renaître Youcif à lui-même en lui faisant revivre ses émotions d'enfant. C'est pourquoi Hyder propose à Youcif, qui évidemment n'est pas au courant des desseins diaboliques de Hyder, de l'emmener le lendemain à La Mecque pour accomplir les rites du Petit Pèlerinage, « Histoire, lui dit-il, de voir comment c'est ». Du tourisme culturel, en somme. Sans se douter de ce qui l'attend, Youcif accepte, car, voyez-vous, Dick, une invitation chez Allah, ça ne se refuse pas; une invitation à la Kaâba pour — qui sait? — rencontrer l'Éternel en personne, ça ne se refuse pas. Vous la refuseriez, vous, Dick? Non, non. Si Allah vous convoque, vous y allez : on répond toujours présent à l'appel de Dieu. Donc Youcif accepte, sans se rendre compte évidemment — et comment l'aurait-il pu? — de ce qu'il risquait dans cette affaire. Il accepte, et le lendemain matin, de bonne heure, souvenez-vous, lui et Hyder, y vont, à La Mecque, et l'effet recherché par Hyder, comme je viens de vous le raconter, est atteint. Youcif accomplit ce jour-là les rites du Petit Pèlerinage en compagnie de Hyder qui l'observe très attentivement, qui l'a constamment à l'œil; en compagnie aussi de dizaines de milliers d'autres musulmans de toutes les couleurs, de toutes les races, de toutes les cultures, de toutes les nationalités, — et il est bouleversé d'émotion. Le soir même, sûr de la justesse de son analyse, Hyder décide de présenter Youcif à Al-S. Pour Youcif, qui est toujours sous l'effet de l'extase ressentie quelques heures plus tôt en présence d'Allah et de Derïana retrouvés, c'est le coup de foudre, l'envoûtement. Youcif est subjugué par le vénérable Al-S. Le diabolique Hyder a gagné.

Faust a vendu son âme. En échange de Derïana retrouvé grâce aux invocations à la Kaâba, Youcif a accepté de devenir l'instrument docile de Hyder. Bien sûr, Youcif sera toujours content d'avoir renoué avec Allah — le vieux copain de Derïana, à la fois terrifiant et rassurant, maître de l'Enfer et du

Paradis. Bien sûr, Derïana retrouvé, c'était important. Mais quel prix il lui faudra payer ! La mort d'Ann. La perte d'Ann. En contrepartie de Derïana retrouvé grâce à Allah, grâce à la Kaâba, grâce à Hyder et Al-S, perdre Ann. L'accident de voiture du réveillon du Nouvel An, vous vous souvenez. Un accident arrangé par la faction pro-soviétique du Comsup-U.S.A. Serait-ce pour cela, pour avoir perdu Ann dans ce marché de dupes avec Allah, que Youcif, devenu maintenant le successeur d'Al-S — et je vous expliquerai comment, attendez ; serait-ce parce qu'il se sent floué par Allah qui lui a ravi Ann, alors que lui, Youcif, s'est mis à œuvrer pour la gloire de son saint Islam, pour la révolution en sa sainte Arabie ; — serait-ce parce qu'il estime avoir été trompé, trahi, que votre gendre, Dick, décide de déclencher les opérations à partir de la Mosquée Sacrée de La Mecque — pour se venger en quelque sorte du Seigneur, de ce que le maître du Paradis et de l'Enfer vient de lui faire ? Possible. Le soir où la vieille dame de Morton Street, celle qu'Amel, votre petite-fille, appelait « Tante Martha », a été tuée par une bombe en réalité destinée à lui, Youcif, ainsi qu'à Amel, il me téléphone et pour tout programme d'activités en Arabie, où il a décidé de se rendre le lendemain même, il m'annonce ceci, il me dit, je me souviens bien : « Let hell break loose ! — que se déchaîne l'enfer ! » Évidemment, je ne pouvais pas savoir à ce moment-là que l'enfer auquel il faisait allusion c'était dans la demeure d'Allah lui-même qu'il entendait le déclencher. Et le déclencher pourquoi ? Pour se venger du Suprême ? Possible. Comme il ne m'avait rien dit de précis à ce sujet avant son départ et comme, hélas ! il n'est plus parmi nous pour que je lui demande des éclaircissements, je dois me contenter d'une simple supposition. Possible, possible, Dick.

Ce qui est par contre certain, c'est que les instructions laissées par Al-S, qu'il avait trahi et envoyé à sa mort, soit dit en passant — vous ne savez pas tout ça, Dick : j'y reviendrai, c'est promis —, les instructions d'Al-S dont il était devenu le successeur auprès des militants de La Mecque, après l'avoir fait liquider par la faction pro-soviétique du Comsup-U.S.A., ces instructions que j'ai lues moi-même, ne comportaient pas la moindre allusion à la Mosquée Sacrée. Il était clairement prévu par Al-S que les opérations se déclencheraient à partir de l'assaut de la caserne de la Garde Nationale de La Mecque, dont la prise était considérée par le défunt leader comme capitale pour le succès de la révolution. J'imagine mal d'ailleurs ce saint vieillard — qu'Allah ait son âme —, j'imagine mal la grande autorité en matière de choses de l'Islam qu'était cet homme, j'imagine mal ce fervent croyant ordonnant un sacrilège aussi horrifiant que celui de l'attaque de la Mosquée Sacrée. C'eût été en outre absurde de la part de quelqu'un qui voulait gagner les masses arabes et musulmanes à sa cause et, grâce à leur soutien, ébranler et peut-être abattre le régime politique d'Arabie, à ses yeux corrompu, injuste et traître à Dieu ; — oui, d'un point de vue purement pragmatique, c'eût été totalement absurde de la part de cet homme-là d'envisager dans le même temps un acte propre à lui aliéner tout musulman, je dis bien *tout* musulman, quel que fût le degré de sa foi, quelle que fût sa secte, quel que fût son rite.

Al-S, Dick, et je l'ai bien connu, était, lui, un

leader politique ; ce n'était pas à Allah qu'il en voulait, mais à l'intolérable régime mis en place par la tribu régnante avec le soutien actif de mes camarades de nos services secrets. Ce qu'il voulait, c'était abattre ce régime grâce à une révolution populaire radicale qui aurait ensuite instauré dans le pays des mœurs politiques plus saines inspirées de l'action des premiers califes de l'Islam — les califes de la justice, de la simplicité, de la vertu —, califes légèrement différents, il me faut avouer et il vous faudrait le reconnaître aussi, des princes actuels qui gouvernent l'Arabie, princes de la frivolité et de la débauche qui, nuit après nuit, vous claquent des dizaines de millions de dollars dans les casinos de la Riviera et de Las Vegas pendant que leurs sujets, oui, leurs malheureux sujets, dans les rues de La Mecque, de Riyad et de Djeddah, se vautrent encore dans la plus sordide misère. C'était à ces princes-là, à ce régime-là qu'Al-S en voulait — pas à Allah.

Donc Youcif a agi de toute évidence selon sa propre inspiration. A moins... A moins, naturellement, de supposer que, à mon insu, il fût simultanément manipulé par mes copains orthodoxes de nos services qui auraient visé, en l'incitant à commettre le sacrilège qu'il a commis, non seulement à discréditer le Comsup auprès des musulmans d'Arabie et de la planète entière et du coup assurer, pour l'immédiat, l'échec de la révolution, mais également, et mille fois plus important à long terme, à rendre plus dépendants d'eux que jamais la tribu au pouvoir, ainsi effrayée et réduite aux abois, et de cette façon à accroître la mainmise de nos capitaines d'industrie sur votre pays préféré, Dick. C'est possible. Je n'en sais rien pour le moment, mais c'est possible. Je connaîtrai peut-être un jour la vérité, si j'ai encore le courage de rester dans ce foutu métier. Mais à l'heure où je vous parle, je ne suis pas en mesure de vous dire avec certitude comment l'idée de déclencher l'enfer chez Allah lui-même était venue à Youcif, et sans doute pendant longtemps on se perdra en conjectures sur ses motivations. Pendant longtemps ? Peut-être à jamais. Peut-être se demandera-t-on toujours pourquoi Youcif Muntasser s'est emparé de la Mosquée Sacrée de La Mecque — acte étonnant et superbe, conforme au destin de votre gendre, certes, mais acte sacrilège, le plus sacrilège qui soit.

CHAPITRE 16

C'est du banquier yéménite, mon antenne à Riyad — vous vous souvenez —, que m'était parvenue la nouvelle du recrutement de Youcif par Hyder. « Un nouveau frère dans la famille... » disait le message.

Le destin qui parlait... J'étais comblé. Mon investissement rapportait gros. Youcif recruté par le Comsup... Je croyais rêver. Lisant et relisant mille fois le texte du Yéménite, je me frottais les yeux, craignant d'avoir mal décodé le message... que le Yéménite avait peut-être mal codé, bref que tout ça n'était qu'une regrettable confusion.

La confirmation que je décidai finalement de demander au banquier de la rue des Changeurs arriva cependant nette et précise. Oui, un certain Youcif Muntasser, citoyen américain d'origine algérienne, une année de prison en France pour activités clandestines dans les rangs des nationalistes algériens qui luttaient alors pour la libération de leur pays, ancien étudiant à Harvard sorti avec un doctorat en science politique qui couronnait une brillante thèse sur la guerre de guérilla, ancien militant contre la guerre du Vietnam, présentement directeur d'une revue politique éditée à New York sous le nom de *Young Democrats,* marié à Ann Casey, fille du Professeur Richard Casey, chef du Service de psychiatrie de l'Hôpital Central de Riyad et psychiatre personnel des princesses arabes, une petite fille de sept ans : Amel, adresse : 300 East 51st Street à Manhattan —, ce Youcif Muntasser vient d'être recruté par le Comsup.

Aucun doute, lui. C'était bien mon ami Youcif. Pas l'ombre d'un doute : le destin me souriait, me faisait même un gros sourire. Aux jours les plus fastes de Wall Street je n'aurais pas rêvé gagner aussi gros.

Vous comprendrez mieux ma joie, Dick, quand je vous aurai dit comment j'étais tenu à l'écart des affaires du Comsup-U.S.A. par les charmants collègues de nos services — mes collègues orthodoxes qui se méfient toujours, sans doute avec raison d'ailleurs, du franc-tireur que je suis qui n'a de compte à rendre qu'au Président lui-même. Or le cas Comsup-U.S.A. était, à mes yeux, un cas trop important pour l'avenir de l'Amérique lui-même pour que je me résignasse à y rester indifférent.

Nous savions depuis longtemps, dans les milieux américains de l'espionnage, que la révolution couvait en Arabie ; que quelque chose de très grave se préparait là-bas ; qu'une organisation secrète, le Comité Supérieur pour la Révolution en Arabie — dit « Comsup » —, était en train d'étendre ses tentacules — à partir de La Mecque, son siège — à travers le monde entier, et de rallier partout à elle la jeunesse musulmane pour la lancer au jour J, contre le régime en place en Arabie. Nous savions que cette organisation avait été mise en place par un noble vieillard arabe que ses disciples appelaient Al-S, lui-même originaire de La Mecque et formé, figurez-vous, dans les années 30, à la Sorbonne, à Paris, mais qui en était revenu depuis, et qui avait voué le reste de sa vie à un seul but, celui de ramener le monde musulman, mais d'abord et avant tout l'Arabie, centre vital de l'Islam, toutefois, hélas! son centre le plus pourri, — de ramener donc l'Arabie, de ramener le monde musulman aux valeurs de leurs origines, celles des premiers califes, sans cependant tomber dans le délire fanatique, obscurantiste de tel ou tel ayatollah gâteux. Nous savions que la section américaine — dite « Comsup-U.S.A. » — de cette organisation tenait une place capitale dans l'organigramme des conjurés de La Mecque, car elle avait pour mission à la fois de gagner aux thèses d'Al-S les étudiants arabes d'Amérique, de nouer et de développer des contacts avec les principales firmes américaines qui avaient des intérêts en Arabie et, grâce à ces contacts, de faire parvenir secrètement des armes à La Mecque en prévision du jour J. Nous savions aussi que depuis quelques années les Soviétiques avaient réussi à infiltrer le Comsup-U.S.A. et que les choses ne faisaient qu'aller de mal en pis, alors qu'en Arabie même la dégradation de la situation rendait plus nécessaire que jamais une révolution radicale, et, que d'autre part, la santé vacillante d'Al-S, atteint d'un cancer à la gorge, appelait à une action urgente et excluait de ce fait toute modification dans le plan initialement arrêté par le vieux leader et qui fixait la date du soulèvement à l'automne 1979.

Cependant, devant de tels enjeux, moi, Hutchinson, je restais complètement impuissant — ou presque; je n'avais aucun moyen d'influencer véritablement le cours des choses à ma façon, c'est-à-dire en tenant compte des intérêts à long terme de notre pays. Comme toujours, toutefois, je me refusais à accepter ma condition, même si je ne savais pas quoi faire exactement pour la changer.

Et voilà qu'arrive le miraculeux message du Yéménite... Et voilà que parle le destin... Et voilà que se succèdent les éclaircissements du Yéménite que je harcèle, jour après jour, pour lui demander encore plus de renseignements chaque fois, sur les responsabilités confiées à Youcif, Youcif qui aura, entre-temps, accompli deux autres voyages en Arabie, à La Mecque plus précisément — souvenez-vous, Dick — mais à qui, moi, je ne demande pour le moment rien, car il ignore encore, lui, qui je suis en réalité. Et comme moi, en revanche, je sais, maintenant, qui il est devenu, et que, d'autre part, je pressens que dans sa nouvelle situation il ne va pas tarder, un jour ou l'autre, à avoir besoin des services de gens comme moi, j'ai décidé de ne rien lui demander, d'attendre.

J'attends qu'il vienne à moi — et bien entendu, il ne mettra pas longtemps pour le faire — à ma grande joie.

Je vous disais qu'Al-S était gravement malade, atteint d'un cancer de la gorge. Le Yéménite, qui se sentait maintenant devenu important puisque, pour une fois, il envoyait un renseignement qui se révélait juste, déploiera désormais tous ses efforts pour maintenir et renforcer la bonne impression créée sur moi par son premier exploit, si bien que voilà qu'un jour tombe cet autre message inouï : le Comsup central cherche à faire entrer Al-S, clandestinement, en Amérique pour soins médicaux, et la tâche pour tous les arrangements nécessaires ainsi que pour assurer sa sécurité a été confiée à Youcif Muntasser. De nouveau, je crois rêver, et de nouveau je demande confirmation à mon antenne de Riyad, et de nouveau je dois m'incliner car, quelques jours après, invité à dîner chez les Muntasser, je constate une certaine préoccupation sur le visage de Youcif, une certaine absence même. Je tente de faire parler notre ami sur *Young Democrats,* sur ses projets politiques maintenant que son candidat favori à la présidence, Kennedy, a été écarté de la course, etc., mais aucune de mes questions ne semble éveiller en lui le moindre intérêt, comme si toutes ces choses qui pourtant, quelques mois seulement auparavant, mobilisaient toutes ses énergies, avaient cessé tout d'un coup d'exister pour lui, ou comme si c'était quelqu'un d'autre, un autre Youcif, qui s'en occupait avant, et non pas le Youcif en face de moi. Entre-temps, Ann, après Amel, est allée se coucher, nous laissant ainsi seuls, et la nuit avance. Voilà Youcif qui me dit alors, sans autre préambule : « J'ai besoin de toi. Pourrais-tu m'aider ? Je sais que tu peux. »

Ah, si je peux ! Bien sûr que je peux. Hutchinson peut tout. Il pourra tout, l'impossible même, pour avoir un pied dans les affaires du Comsup-U.S.A... Pour faire échec à l'intolérable ostracisme dont je suis frappé de la part de mes gentils collègues des services secrets U.S., que ne pourrais-je pas ! Je ferais absolument tout, n'importe quoi pour t'aider, et je n'y vais pas par quatre chemins pour le faire comprendre à Youcif. Je dis, abruptement : « Je sais. Il s'agit d'Al-S. Tu dois le faire entrer ici pour son opération. Je sais. Demande ce que tu veux. Aucun problème. Parle. »

Le moment de la vérité. Le visage de Youcif soudain s'illumine, son regard sombre s'anime. Il me fixe avec la résolution d'un homme en qui, en l'espace d'un instant, une extraordinaire transformation vient de s'opérer lui insufflant une énergie qui, en d'autres circonstances, aurait mis une éternité à se former, à s'accumuler. La résolution d'un homme si soulagé de voir enfin s'écrouler le mur inutile qui l'obligeait, dans des moments pourtant si cruciaux, à rester sur ses gardes vis-à-vis d'un ami dont il soupçonnait cependant les énormes pouvoirs occultes La résolution d'un homme qui, subitement, pressent que désormais il va pouvoir établir un dialogue franc et efficace avec un ami qu'il sent avoir été choisi par le destin pour appartenir comme lui à la même race spéciale d'hommes : la race de l'audace et de l'excès.

Ce dialogue s'engage sur-le-champ, autant que je me souvienne, ainsi. Sur le ton posé de quelqu'un qui considère une question comme close et qui, en quelque sorte, voudrait par son constat ne pas s'attarder outre mesure sur ce dont, de toute façon, il était depuis toujours certain ; sur le ton de quelqu'un qui voudrait avancer dans la discussion, aborder d'autres chapitres, il me dit : « Je ne te demanderai pas comment tu le sais.

— Quelle importance, répondis-je. Tu pourras toujours compter sur moi et pour tout. C'est ça l'essentiel. Le reste importe peu. »

Un moment de silence. Puis il me fixe et me dit : « Donc tu es vraiment ce que je pensais... »

Je l'interromps : « Pas de questions inutiles entre nous, d'accord ?

— D'accord, dit-il. Mais comment être sûr que je peux te faire confiance ?

Je suis surpris, réellement surpris par sa question, ce qu'il constate bien.

— Et notre amitié ? Qu'en fais-tu, bon sang ? je demande.

— Excuse-moi, répond-il, mais tu comprends, j'espère. *Young Democrats,* c'était autre chose. C'était rien. Cette fois, c'est l'avenir d'un peuple, des musulmans partout dans le monde, qui est en jeu. La vie, la mort. Celle de mes camarades, la mienne à la moindre erreur. Tu comprends ? »

Je lui tends alors la main et je dis : « Youcif, la seule garantie que je t'offre, c'est mon amitié, notre amitié. Mon amitié pour toi est absolue. Elle ne dépend et ne dépendra jamais de rien. Aie confiance en moi. »

Nous nous serrons fortement la main. Notre pacte est scellé. En moi-même, je sais que pendant que je lui serre la main, les choses que je venais de lui dire étaient parfaitement sincères. En même temps je sais qu'en l'occurrence, en offrant mes services à Youcif, je ne faisais que répondre à l'appel d'un étrange destin, car, ce n'est pas toujours le cas, avouez, Dick, que votre meilleur ami puisse aussi se révéler être un puissant agent de l'ombre, capable de vous aider, vous qui, de votre côté, vous êtes soudain trouvé investi, par ce même étrange hasard, de responsabilités qui n'ont rien d'habituel ; vous qui, naturellement, pourriez, de votre côté, toujours, tenir le même raisonnement quoique dans le sens inverse. Non, cela n'arrive pas fréquemment, vous en conviendrez, et tout semblant de logique qu'on prétendrait découvrir dans cette incroyable affaire serait à mettre au compte, selon moi, d'un pur délire de rationalité. Par conséquent, et c'est ça que j'aimerais que vous saisissiez, l'amitié pouvait bien être une garantie de confiance entre Youcif et moi, mais la véritable garantie, la garantie profonde, suprême, ultime, c'était cette complicité incompréhensible, mystérieuse, entre deux destinées venues ainsi, ce soir-là, à la rencontre l'une de l'autre et auxquelles l'amitié n'aura en définitive servi que de raison secondaire, de prétexte, en quelque sorte, ou, si vous voulez encore, de ruse, la ruse d'une raison supérieure cachée. Mais c'est tout de même réconfortant de savoir que votre complice dans une affaire savamment concoctée par le destin, par cette *raison supérieure cachée* — pardonnez mon pédantisme, Dick — il peut être bon de savoir, dis-je, que ce complice est en même temps quelqu'un à qui vous lie une amitié sincère. De tout cela, cependant, de cet examen de conscience auquel je procède rapidement — eh oui, eh oui, Dick : même un espion peut avoir des scrupules moraux ! —, de mes cogitations internes je ne dis pas un mot à Youcif. Nous passons plutôt à des considérations pratiques, car quel soulagement de pouvoir enfin commencer à travailler sérieusement !

Et que de choses à faire ! Organiser clandestinement la sortie d'Al-S d'Arabie, son entrée ici, son hospitalisation à New York dans les meilleures conditions qui soient, sa sécurité — oui, sa sécurité, surtout. Tant de choses à faire et si peu de temps à notre disposition, car la santé d'Al-S, m'apprend

185

Youcif, empire de jour en jour alors que la date fatidique du soulèvement approche.

Nous discutons de tout cela ainsi que de l'aspect le plus délicat de notre future collaboration : la mise au pas du Comsup-U.S.A., son « assainissement », comme on dit.

Sur ce dernier point, sur la situation au sein du Comsup-U.S.A., Youcif me confirme ce que je sais déjà de sources indirectes, mais que je sais vaguement, je dois avouer. Les détails qu'il me fournit ne manquent pas de me stupéfier. Détails sur tout. Sur l'ampleur de l'infiltration du Comité par nos ennemis. Sur le rôle douteux de certains de ses membres, et Youcif me dit, à ce sujet, que tous ceux qui ne sont pas à cent pour cent dans la ligne d'Al-S, il voudrait les neutraliser au plus vite. Il m'apprend aussi beaucoup sur l'extraordinaire implantation secrète du Comité dans tous les secteurs de la vie publique américaine : dans le monde des affaires, dans les universités, au sein des syndicats, du U.S. Congress, etc. Présence partout, complicités partout, à tous les niveaux, tout le monde étant naturellement soucieux de ne pas rater le coche si demain l'Arabie, l'irremplaçable Arabie, tombait entre les mains des révolutionnaires d'Al-S. Tant de détails. Détails plus invraisemblables les uns que les autres, mais aussi précieux les uns que les autres et qui m'emplissent tous d'une joie intense, car, en écoutant Youcif parler, je me rends compte de la justesse de mon intuition de ce jour, il y a quelques années, où j'ai décidé d'investir en lui.

Désormais nous serons donc, lui et moi, associés : c'est... résolu. Enfin, résolu... disons plutôt qu'un destin ainsi s'accomplit. Youcif aura de moi tout ce qu'il lui faut pour abattre l'influence — celle du court terme, dans mon esprit — de l'Oncle Sam : c'est décidé. Moi, en contrepartie — mais c'est moi seul, dans ma seule propre tête, qui analyse les choses en termes de contrepartie, nous n'en parlons pas ouvertement, Youcif et moi —, moi, donc, en contrepartie, eh bien, j'ai désormais, et pour le compte du même Oncle Sam, un pied dans les affaires du Comsup-U.S.A., et ainsi se trouve brisé l'ostracisme dont je suis frappé jusque-là par mes petits copains espions aux courtes vues, et ainsi, Hutchinson le futé pourra désormais garder les yeux ouverts sur les perspectives à long, très long terme et penser, quoi qu'il arrive, au Bien de notre belle Amérique.

CHAPITRE 17

Malgré quelques complications dues à son âge, Al-S est sauvé de son cancer, son opération est un succès. Je me charge alors de mettre sur pied des conditions adéquates pour sa convalescence. Pendant ce temps-là Youcif, lui, poursuit son œuvre d'« assainissement », comme on dit. Il continue à assainir le Comsup-U.S.A., tâche dans laquelle il se montre étonnamment maître, d'une extraordinaire expertise, et je sais de quoi je parle lorsqu'il s'agit de l'art de la cruauté. La villa du Vermont dont je vous ai déjà parlé — rappelez-vous — devient tout bonnement un centre d'horreur où torture et liquidations — vous êtes torturé d'abord, liquidé ensuite — sont les deux seuls charmants loisirs offerts à ceux que la malchance a désignés pour une invitation à un week-end auprès du copain Youcif.

A maintes reprises j'essaie de tempérer l'ardeur de votre gendre, car certaines rumeurs inquiétantes commencent à me parvenir selon lesquelles ses ennemis au sein du Comsup-U.S.A. le soupçonnent désormais d'être mêlé aux disparitions de tant de militants. J'essaie, mais en vain. Comme, d'un autre côté, il n'est pas question que je trouble le repos d'Al-S qui serait éventuellement seul à pouvoir exercer une influence modératrice sur Youcif, le raisonner, la fureur de notre ami suivra son cours froidement, systématiquement — *dangereusement*.

Dangereusement, car la faction pro-soviétique du Comsup-U.S.A., elle, devant l'incroyable désastre qui s'abat, durant ces mois, sur ses sympathisants, les décime et qui risque, au bout de quelque temps, si elle ne réagit pas vite, de finir tout simplement par éliminer toute tendance rouge en tant que telle de l'échiquier de la révolution qui se prépare, — cette faction prétend voir dans cette tournure effrayante des événements l'expression d'une option politique délibérée nouvelle de la part d'Al-S à qui elle attribue de sombres desseins — à tort, bien évidemment, puisque, et je peux en témoigner pour l'Histoire, pendant ce temps-là, le pauvre homme, toujours malade, ignore absolument ce qui se passe, alors que Youcif, en fait, n'agit qu'à sa guise.

Mais, direz-vous, c'était pourtant bien votre Al-S qui avait ordonné la mise au pas de ce Comsup-U.S.A. Oui. Mais comment aurait-il pu, le vénérable vieillard, imaginer que le zèle de son nouveau disciple atteindrait ces limites ? Personne, à vrai dire, n'aurait pu imaginer ça. C'est tellement inimaginable — tant de véhémence, tant d'excès, tant de folie, tant de résignation à un destin si inexorable !

N'empêche : les pro-soviétiques, eux, attribuent ce qui leur arrive à un dessein réfléchi conçu par Al-S. Selon eux, le vieux leader montre ainsi qu'il a l'intention de ranger carrément la future Arabie révolutionnaire dans le camp américain, et cette perspective n'est naturellement pas pour plaire à ces messieurs, encore moins à leurs protecteurs de Moscou. Et c'est là où les choses commencent à se gâter, car les rouges subitement décident, et ça se comprend, n'est-ce pas, qu'il leur faut à tout prix se débarrasser d'Al-S en qui ils n'ont plus maintenant confiance — en qui, par la faute de notre ami, ils ont totalement perdu confiance.

Et comme Al-S est encore en convalescence dans la région new-yorkaise, dans un endroit secret dont je suis seul, avec Youcif, à connaître l'adresse, une lutte dure, impitoyable, dont Ann sera l'une des victimes, va s'engager, qui visera soit à découvrir le lieu de repos du chef suprême du Comsup, soit, mieux encore, à faire en sorte que Youcif leur livre purement et simplement le vieux lion. Les rouges comptent que votre gendre le fera de son propre gré s'il veut bien coopérer et ainsi faciliter la tâche de ses gentils camarades rouges, lesquels, reconnaisants, s'engageront à oublier le passé et à inclure notre ami dans tout futur directoire de la révolution ; si tel n'était pas le cas, ils l'y forceraient par les moyens les plus adéquats.

A la décharge de Youcif et par souci de la vérité, il me faut tout de même me hâter d'ajouter qu'en décidant d'éliminer Al-S, les pro-soviétiques sont en réalité mus, durant ces jours funestes, par d'autres mobiles, des mobiles plus anciens que ceux que je viens d'évoquer et auxquels, en fait, ces derniers servent simplement de prétextes.

En effet, dès le début — c'est de mon brave espion

yéménite que je l'ai appris — les rouges n'ont jamais véritablement accepté qu'Al-S fixe la date du soulèvement à l'automne 1979. Ils craignent qu'à cette date ils ne soient pas suffisamment puissants dans l'échiquier des forces qui forment le Comité Supérieur Central. Ils ont peur de manquer, à cette date, de la puissance nécessaire pour infléchir le cours de la révolution dans un sens qui leur soit favorable, qui soit favorable à Moscou. C'est pourquoi ils essaient d'abord de manipuler gentiment Al-S pour le faire changer d'avis. En cas de succès, ils pourront, espèrent-ils, gagner le temps qu'il faut pour se consolider, accroître le nombre de leurs atouts en vue de l'inévitable confrontation qui, à leurs yeux, au lendemain de la prise du pouvoir par le Comsup, les opposera immanquablement à leurs alliés du temps de la clandestinité. Ils tentent ainsi, pendant quelque temps, et par les moyens les plus fourbes, de faire revenir Al-S sur son plan initial, mais le Chef suprême reste inébranlable, ferme, car, lui, il a mis le cap une fois pour toutes sur les quatre premiers califes de l'Islam et, par conséquent, ni Moscou ni Washington ne lui importent le moins du monde.

Échec, donc, de la méthode douce. Les pro-soviétiques, au dire du sieur yéménite, décident alors de hâter tout simplement le départ d'Al-S auprès d'Allah. Le vieil homme est maintenant aux U.S.A. et il n'est donc plus loin d'eux. Avec un tout petit effort de leur part, pensent sans doute ces charmants collègues rouges de votre gendre, il pourrait être à portée de leur main. C'est pourquoi ils prennent prétexte des méchancetés que notre

Youcif est en train de leur infliger pour mettre à exécution leur projet.

Oui, Dick, je suis persuadé que les délicates manières de notre ami à leur égard leur ont simplement servi de prétexte et qu'ils ont estimé qu'il fallait profiter de ce merveilleux alibi pour régler tous les problèmes en suspens en même temps et surtout le problème numéro un : l'élimination d'Al-S.

En tout cas, telles étaient les informations qui me parvenaient un peu de tous côtés pendant que Youcif, avec un zèle infatigable, et à son étrange manière, était occupé à recevoir, week-end après l'autre, dans la villa nichée dans les montagnes blanches du Vermont, villa fournie par mes soins, rappelez-vous, et pendant qu'Al-S était au vert, quelque part dans la belle campagne toute proche de New York, où il se remettait lentement de son opération.

Maintenant, j'aimerais que vous saisissiez ceci, Dick : dans la guerre de l'ombre tous les moyens sont bons. Cela va de la douceur qui cajole, flatte, séduit, jusqu'à la violence physique dont l'assassinat, en passant par la fourberie, le mensonge, le chantage, les pressions de toutes sortes. C'est la règle du jeu ; c'est ainsi. Tour à tour nos charmants ennemis essaieront chacune de ces recettes pour atteindre leur objectif : la suppression du vieux. L'amabilité et autres façons polies, ce fut à moi qu'ils les réservèrent par l'intermédiaire de mon équivalent russe auprès d'eux, un sacré bonhomme nommé Serguei, dont la couverture dans le civil était — écoutez bien ceci, Dick : *poète soviétique dissident.*

Sous cette noble couverture, Serguei, il y avait quelques années, s'était fait accueillir aux U.S.A. comme réfugié, un réfugié de marque, même, et il était tenu en grande estime par la brave intelligentsia new-yorkaise, qui ne cessait de s'autocongratuler sur tous les tons pour avoir obtenu de Moscou son départ en exil.

Ah! mon ami Serguei, Dick : un drôle de gars, celui-là, je vous assure! Toujours hilare. D'une jovialité à toute épreuve qui témoignait si fortement de ses origines moujiks. Très honnête, aussi, très correct — je ne dois jamais oublier de le souligner. Un gentleman, vraiment — si tant est qu'il existe de tels spécimens dans cette foutue profession qui est la nôtre. Serguei, cependant, était un gentleman, même s'il devait s'acquitter aussi scrupuleusement que possible des tâches qui faisaient partie de son métier.

Donc, Serguei est chargé de me contacter, et voilà ce joyeux luron qui me demande un jour de le rencontrer dans notre lieu favori de rendez-vous : la salle des Archives d'histoire de la New York Public Library. C'était là, en effet, que Serguei aimait donner libre cours à son inspiration, là où sa muse, plus que dans tout autre endroit, choisissait, semble-t-il, de lui rendre visite.

Je pressens quelque négociation importante à l'horizon et j'accepte.

La règle en vigueur entre nous, dans pareille situation, était de conduire toutes les discussions par écrit, au moyen de messages griffonnés sur des bouts de papier que nous échangions, lui et moi, assis l'un en face de l'autre dans l'auguste salle. Outre qu'elle répondait à notre souci de respecter le calme des autres lecteurs, cette règle servait surtout à écarter tout risque d'enregistrement indélicat des propos de l'un par l'autre et donc à conserver à nos tractations leur caractère secret. A la fin de notre petite séance de travail, en effet, chacun de nous récupérait gentiment la part de littérature écrite de sa propre main, et il en faisait l'usage qui lui plaisait.

Ce jour-là, donc, Serguei, dans un anglais approximatif, néanmoins intelligible, commence par m'expliquer la nécessité de lui communiquer l'adresse d'Al-S. Sans, évidemment, me préciser pourquoi il veut l'obtenir : ça, c'est implicitement entendu dans son aimable tête, que moi, en vieux routier de la profession, je peux aisément le deviner, comme un grand, par moi-même. Ce serait, de sa part, à lui, mon copain bolchevique, commettre une insulte à mon intelligence que de me l'écrire noir sur blanc.

Je réponds par un seul mot, un mot que vous pouvez facilement imaginer, Dick : *niet*.

Pour Serguei ma réponse veut dire que les enchères sont ouvertes. Un joli marchandage s'engage : c'est la tradition. Mais d'abord Serguei essaie de me convaincre que de toute façon Al-S n'en a plus pour longtemps. Les informations médicales qu'il détient, lui, Serguei, disent que le cancer du vieux leader pourrait repartir de plus belle d'un jour à l'autre. Le vieux leader mérite-t-il alors vraiment l'importance que moi je continue apparemment à lui attribuer, demande mon honorable collègue.

Jusque-là, j'ai répondu, moi, par mon mot russe favori : *niet*. Maintenant, je juge en revanche opportun d'être un peu plus éloquent. Je demande à Serguei si, comme il vient de le prétendre, Al-S ne pèse plus lourd, ne représente plus grand-chose, pourquoi, alors, lui, Serguei, ainsi que ses patrons et leurs protégés, tiennent-ils à ce point à avoir sa peau.

Sur ce commencement les enchères proprement dites, puisque, jusque-là, nous ne faisions en quelque sorte que tourner autour du pot. Moi, de toute façon, je sais que je ne suis pas vendeur. Si, cependant, je vais laisser Serguei faire des propositions, c'est simplement pour lui soutirer quelques renseignements sur l'état de la bourse des valeurs géopolitiques contrôlée par son camp. Je voudrais simplement savoir quelles sont les têtes qui se sont dépréciées récemment de l'autre côté. Quels chefs d'État de leur sphère d'influence lui et ses patrons sont prêts à sacrifier en échange de ce qu'ils convoitent chez nous.

Je dis donc à Serguei que s'il a des propositions à me faire, malgré mes précédents *niet,* je suis prêt à l'écouter.

Serguei offre alors successivement, pour acquérir Al-S, la tête de trois joyeux présidents africains, de deux petits dictateurs arabes, dont un qui nage dans une véritable mer de pétrole, etc.

Ayant recueilli quelques précieux renseignements, je décide finalement de mettre fin à ce petit jeu, car je réponds cette fois par un grand NIET, tout en lettres majuscules, et je déclare la séance levée. Après quoi, nous voilà sortis, Serguei et moi, en bons copains, pour aller boire un verre, au bar de l'Hôtel Plaza, et échanger quelques plaisanteries sur nos collègues des services spéciaux d'autres pays.

Sachant que désormais la guerre secrète qui vise la tête d'Al-S va s'intensifier, je décide de renforcer considérablement les mesures de sécurité autour de lui. En même temps, parce que je le crois de mon devoir, je profite un jour de la présence de Youcif auprès de lui pour informer le vieux de ce qui se trame.

Je n'oublierai jamais ce moment, Dick, ni la sérénité, ni la lucidité de cet admirable homme — que Dieu ait son âme.

Nous nous promenions dans la forêt environnante couverte de neige fraîche, lui, Al-S, silhouette haute et frêle malgré un manteau de fourrure, que Youcif et moi avions réussi, après beaucoup d'efforts, à lui faire porter, et nous deux marchant à ses côtés et lui offrant nos bras comme appui, précédés, suivis, entourés d'une légion de gardes du corps armés jusqu'aux dents.

De sa voix douce, calme, presque monotone, d'une tendresse paternelle émouvante, il s'adresse à votre gendre et lui dit qu'il est maintenant convaincu que désormais c'est lui, Youcif, qu'on essaiera de frapper. Il dit à Youcif qu'on fera tout pour l'avoir, mais c'est évidemment lui, Al-S, qu'on vise à travers Youcif. Il explique que le Comsup-U.S.A. est ainsi : lorsqu'il se met en tête de régler son compte à quelqu'un, il y arrive toujours — rien ne peut l'en empêcher.

Al-S ajoute, en secouant ses lunettes que vient d'obscurcir un flocon de neige tombé des arbres, que le Comsup-U.S.A. arrive toujours à ses fins quoi que l'on fasse pour lui faire échec. Insidieusement mais implacablement, il y arrive. On l'aura donc lui, Al-S : ça viendra. Dans un an, dans dix ans... Ça viendra. Quand il s'y attendra le moins, mais ça viendra. En attendant, et pour mieux l'humilier, on s'attaquera à Youcif, explique-t-il, ce sera d'abord le tour de Youcif. Le Comsup-U.S.A. est ainsi : lorsqu'il en veut spécialement à quelqu'un, il éprouve un plaisir particulier à d'abord l'avilir. Ensuite, il se débarrasse de lui...

Youcif écoute, l'air absent, le regard traînant sur la blancheur éclatante comme s'il y cherchait sa vérité...

Après un silence lourd, un silence si lourd, rompu seulement de temps à autre par le crissement de nos pas sur la neige, par un battement furtif d'ailes dans la forêt, ou le bruit feutré produit par la chute d'un gros flocon détaché des arbres autour de nous, alourdis par la nuit, Al-S, la voix maintenant légèrement tremblotante, reprend. Il dit que, oui, il est persuadé qu'on essaiera de l'humilier lui, l'idole, le chef incontesté d'hier. On l'humiliera à travers la destruction de Youcif, parce qu'ils savent, dit-il, l'affection et la confiance qui les unissent, Youcif et lui, l'un à l'autre.

Il la voit venir cette destruction. Sûrement, inéluctablement. Tout paraîtra comme avant au sein du Comsup-U.S.A., explique-t-il. La ferveur des rapports, l'authenticité des sourires, la fraternité entre camarades dans la lutte : rien ne changera. Youcif ne remarquera rien, et d'ailleurs il n'y aura rien à remarquer, car telle est précisément la maîtrise de l'art de la duplicité par le Comsup-U.S.A. — la duplicité révolutionnaire, s'entend, souligne-t-il —, qu'aucun changement dans ses attitudes n'apparaît comme volontaire, calculé. Non, dit Al-S, au moment même où votre sort est scellé, tout continue exactement comme avant. Pire : plus le danger approche moins la future victime s'en aperçoit.

« Tes camarades au sein du Comsup-U.S.A., lança le saint homme à l'adresse de votre gendre — je m'en souviens encore, Dick — votre gendre pour la vie de qui le pauvre homme semblait craindre tant — sans le moindre signe de mauvaise foi, tes camarades, lui dit-il, ne te témoigneront jamais autant d'attachement qu'au moment où ils s'apprêteront à te faire mal, à te porter le coup fatal... », et c'est bien ce qui se produira au réveillon du Nouvel An, à Rye, Dick, rappelez-vous.

Pauvre Al-S ! S'il avait su de quoi il parlait ! S'il avait su ce que Youcif lui-même était maintenant ! S'il avait su d'où viendrait sa propre perte ! S'il avait su quel parfait membre du Comsup-U.S.A. Youcif lui-même était devenu, maître dans l'art de la duplicité, de l'humiliation, de l'avilissement... maître dans tous les arts qu'affectionnent les révolutionnaires de tous les temps, y compris l'art de la trahison !

Pauvre Al-S ! S'il avait su...

CHAPITRE 18

Oui, pauvre Al-S ! Je serai désormais bref, Dick, car je pense que vous disposez maintenant de suffisamment de données pour deviner ce qui va se passer.

La guerre qui s'engage autour de la tête d'Al-S sera sans merci. Serguei à qui je demande d'intercéder auprès de ses clients, de les calmer un peu, promet de faire quelque chose, mais il disparaîtra complètement, je n'entendrai plus jamais parler de lui. Sans doute, confronté à une situation où il se trouvait impuissant, a-t-il préféré, par honnêteté, se faire rappeler à la Centrale ou se faire muter à un autre poste. En tout cas, plus un mot de mon brave copain Serguei. Disparu des U.S.A.

D'un autre côté, il était impossible de songer à cette autre solution, celle qui aurait été peut-être la plus commode : le retour d'Al-S en Arabie. Impossible malheureusement d'envisager cette alternative en raison de l'opposition catégorique des médecins du vieux qui voulaient s'assurer que son cancer était une fois pour toutes maîtrisé.

Et ainsi donc nous nous trouvions coincés, et pendant ce temps-là, Youcif était saisi d'une véritable furie, une furie à laquelle ses ennemis au sein du Comsup répondaient par la leur, qui, pour être insidieuse, sournoise, tortueuse, hypocrite, comme l'avait si bien prévu Al-S, n'en était pas moins sanglante, excessive, elle aussi, et horrifiante, et pour ma part je commençais à craindre le pire — à craindre pour Youcif et pour sa famille.

J'ai essayé, oh combien de fois j'ai essayé de freiner le déchaînement de notre ami, mais il était intraitable. Pour lui, c'était *avant* la révolution qu'il fallait régler les problèmes, se débarrasser de la gangrène qui rongeait sa préparation, et non pas après, quand ses ennemis auraient eu leur chance de partager le pouvoir et d'utiliser leur position légale pour faire encore plus de mal, comme cela s'était vu dans d'autres cas, dans d'autres révolutions. La pureté, il fallait, selon lui, la réaliser maintenant, tout de suite et à n'importe quel prix si nécessaire, il fallait qu'elle fût totale pour éviter qu'il n'y eût pourrissement, catastrophe demain. Telle était son attitude, et comme l'autre camp, avec cette même rage insensée qui constitue la caractéristique essentielle des sous-développés qu'ils étaient tous, comme l'autre camp raisonnait exactement de la même manière, je me rendais compte qu'il n'y avait, hélas ! rien à faire sinon attendre que la fatalité prononçât son verdict, un verdict que je sentais de plus en plus proche et dont la perspective m'emplissait des plus sombres appréhensions.

Mais les fêtes de fin d'année étaient à nos portes. Comme je n'avais pas eu depuis quelque temps l'occasion d'être avec mes enfants, j'ai décidé de passer les fêtes avec eux, chez mes parents à Boston : les pro-soviétiques ont profité de mon absence pour frapper. Ayant essayé par tous les moyens d'amener Youcif à leur livrer Al-S et ayant échoué, il ne leur restait plus qu'une chose à tenter : éliminer Youcif lui-même, pensant sans doute qu'ainsi ils auraient une meilleure chance de s'approcher du vieux et de lui mettre la main dessus. D'où l'accident de voiture du réveillon du Nouvel An, accident qui était destiné en réalité à supprimer avant tout Youcif et accessoirement votre fille.

Rappelez-vous ce qui est arrivé : Youcif et Ann vont réveillonner chez des amis à Rye, il commence à se faire tard, Ann s'inquiète pour Amel laissée à Manhattan avec une baby-sitter, et elle veut rentrer. Elle prend la voiture, et laisse Youcif... La bombe minutée pour exploser à la face du mari et de sa femme n'aura dès lors pour cible que votre malheureuse fille, seule. Ainsi, pour elle, la mort, ce soir-là, pour lui, la folie — et peut-être était-ce pire.

Souvenez-vous, Dick, de l'état de votre gendre aux obsèques d'Ann. J'étais là, moi aussi, incognito, un peu en retrait ; je me tenais à côté de Fred O'Donnell, et je m'efforçais de passer inaperçu. Je vous ai remarqué, ce fut là d'ailleurs que je vous vis pour la première fois, ce fut à ce moment-là, si bien qu'en fait, à notre rendez-vous dans la salle des chaudières de l'Hôtel Intercontinental de Riyad, presque un an après, et après sa mort à lui, dans la Mosquée Sacrée de La Mecque, je vous voyais pour la deuxième fois, je retrouvais en quelque sorte une vieille connaissance.

Qu'importe ! Souvenez-vous de l'état de folie contenue qui s'était emparé de votre gendre. Souvenez-vous de ce visage complètement vidé de toute expression, de ce regard hagard, qui semblait par moments traqué. Souvenez-vous de l'indescriptible douleur de votre gendre, Dick. Ann était pour lui son sol, sa forteresse, la muraille qui le protégeait de l'adversité, du mal, du destin ; qui le protégeait de lui-même aussi — oui, de lui-même surtout, car c'était elle qui, en dépit de tout ce qui le hantait, le déchirait, l'écartelait, le tourmentait jour et nuit ; en dépit de ses multiples lui-même et de ses mille passés et mille contradictions, le rendait un et uni à lui-même, un et intégré, grâce à cette tendresse que votre fille savait lui donner.

L'homme qui était au cimetière, aux obsèques de sa bien-aimée, était un homme qui venait de perdre la raison, car la forteresse qui était cette raison, c'est-à-dire ce principe d'ordre — et qu'est-ce d'autre la raison sinon un principe d'ordre ? — cette forteresse venait d'être pulvérisée par une bombe : alors comment, dans ces conditions, ne pas devenir fou ?

Un jour, je me souviens, je prenais un verre avec lui chez eux, et Ann qui devait rentrer à une certaine heure avait tardé. Je constatai que chaque minute qui passait sans qu'Ann fût là le rendait plus inquiet, plus désemparé, et je m'aperçus que pendant que je lui parlais il était en fait de plus en plus absent. Comme je ne savais pas exactement ce qui se passait en lui et que je ne pouvais pas imaginer qu'un simple retard d'Ann pût produire un tel effet sur lui, je lui demandai ce qui n'allait pas. Je me souviens, il me dit presque tremblant de désarroi : « Non, rien, Ann n'est pas encore rentrée et ça me terrifie. » C'était ses propres mots, Dick, je le jure sur la tête de mes enfants. Évidemment, c'était une réaction totalement anormale, mais je réalisai aussi, à ce moment-là, que c'était sans doute ça véritablement aimer : sentir la présence de l'être aimé à ce point essentielle à votre existence, à votre sécurité au sens le plus fort du terme. Sentir que vous existez *par* celle que vous aimez, la sentir comme étant votre démiurge, votre créateur. Alors qu'advient-il de nous lorsque notre Dieu n'est pas là ou bien n'est plus là du tout ? — Eh bien c'est la folie, c'est la terreur. On fait sauter La Mecque, la Mosquée Sacrée de La Mecque et d'Allah : plus rien n'importe. Le non-sens absolu, puisque Dieu, notre Dieu : la bien-aimée, n'est plus là. On crie alors si fort sa douleur, on pousse un tel hurlement, que la planète entière et les sept cieux du Seigneur tremblent d'effroi, et c'est ce qui est arrivé à Youcif Muntasser quand Ann lui a été ravie.

Ann était son Dieu à lui, et elle était aussi la main qui recueillait ses pleurs et la nuit qui absorbait son désespoir et en qui se calmaient les démons qui le hantaient, le passé qui le déchirait. En elle, par elle, avec elle, Youcif Muntasser se sentait invulnérable, l'adversité ne l'atteignait pas — il était plus fort que le destin. Elle était tout autant havre que source du sens, aboutissement et origine. Grâce à la présence d'Ann, Youcif formait un *tout* malgré ses multiples déchirements et ainsi il se sentait présent au monde et ainsi Ann en était aussi la synthèse. Elle était son créateur dans un processus de création continue où il était maintenu dans la vie par la tendresse d'Ann, comme Dieu, je présume, par une attention amoureuse de tous les instants, maintient le monde en existence, après l'avoir une première fois créé. Alors qu'arrive-t-il quand le principe qui vous fait exister vous a été ravi ? Eh bien, vous vous effondrez, et tel était l'état de l'homme qui, ce jour de janvier 1979, conduisait sa bien-aimée à sa tombe : l'état de quelqu'un qui avait perdu le principe qui le faisait jusque-là exister.

Après une retraite de quelques semaines, chez vous à Nantucket, retraite pendant laquelle j'ai dû, moi, prendre les mesures nécessaires, changement d'appartement, d'identité, etc., pour qu'à son retour il disparaisse complètement dans la clandestinité et ainsi échappe aux tueurs du Comsup-U.S.A., il est revenu à Manhattan avec Amel, mais désormais leur vie, jusqu'au jour où il partira pour régler son compte à Allah, qui l'a trompé, sera une vie de peur, d'impuissance et de tristesse. Oui, il avait maintenant peur pour Amel et tant qu'il y avait Amel, tant que, tel un loup traqué, il pouvait, en se terrant, encore garder loin d'elle les hommes en fureur, il n'avait pas de choix : il se terrait, mais c'était, ainsi, se résigner à l'impuissance, laisser le champ libre à ses ennemis, ne pas pouvoir les confronter avec toute la fureur dont il était lui-même capable et cela l'emplissait de tristesse, cela le déprimait. Sept mois de deuil, de peur, d'impuissance, de tristesse et de dépression, et Ann, l'inoubliable, et la rage mal contenue contre lui-même, contre le destin et un jour, oui, un jour, contre... Al-S lui-même.

Oui, la rage contre Al-S aussi. Al-S, l'idole d'hier, le chef incontesté pour qui il avait fait tout ce qu'il avait fait. Mais voilà, dans ces jours difficiles, dans ces nuits impossibles, Youcif n'en pouvait plus, la peur du loup traqué, l'impuissance, le désespoir noir ont trop duré, il n'en pouvait plus. Il en veut maintenant à Hyder, il en veut à Al-S, il en veut à

Allah, à tous ceux qui l'ont mis dans l'effroyable situation où il se trouve, il leur en veut désormais à tous. De par cette vie de loup traqué qu'il mène depuis maintenant sept mois, il commence en fait à se sentir de moins en moins lié à eux et à leur univers, à leurs rêves, à leurs chimères.

C'est qu'il pouvait, lui, Youcif, se permettre de rêver et de poursuivre les chimères de l'Histoire tant qu'Ann était là, tant qu'il était préservé par Ann de l'adversité ; tant qu'Ann, en le rendant invulnérable, empêchait qu'on lui fît du mal. Mais on lui a ravi Ann, ainsi personne désormais ne le protège plus — pourquoi dès lors risquer sa peau pour des chimères ? Ce qui importe maintenant, c'est Amel et son bonheur : plus rien d'autre désormais n'importe, et si le prix de la sécurité d'Amel et de son bonheur, si le prix du retour à une vie normale pour Amel et lui, une vie comme celle qu'il vivait *avant* ce maudit jour où il rencontra le diabolique Hyder — si le prix pour sortir de l'enfer est de livrer Al-S — eh bien, qu'il en soit ainsi.

Et ainsi donc, ils auront Al-S, mais le calcul de Youcif se révélera faux. D'une part, lui-même, dès sa sortie de la clandestinité, après son ignoble trahison d'un homme qu'il avait pourtant tant vénéré, se replongera tout droit dans les affaires du Comsup-U.S.A. où il s'alliera avec les pro-soviétiques, espérant par son retournement les apaiser et éloigner leur courroux de lui et d'Amel. D'autre part, les pro-soviétiques, de leur côté, persisteront à se méfier de lui et à croire qu'il n'avait envoyé Al-S à la mort que pour des raisons tactiques, pour sortir de la clandestinité — clandestinité au second degré en quelque sorte —, mais que pour ce qui était du fond, des idées, du plan initial d'Al-S, qui prévoyait de déclencher la révolution à l'automne 1979, que pour tout cela Youcif était resté fidèle à la ligne d'Al-S et ils ne cesseront pas de craindre que leur allié d'aujourd'hui ne leur ait livré son chef d'hier que pour, en fait... lui succéder à la tête des conjurés de La Mecque qui, eux, avaient pour Youcif un indéniable respect. Bref, nous n'étions pas sortis de l'auberge, et Youcif l'apprendra, hélas! à ses dépens.

CHAPITRE 19

J'arrive à la fin, Dick. J'arrive au départ précipité pour La Mecque et au règlement de compte avec Allah. Mais d'abord j'aimerais que vous imaginiez ceci. J'aimerais que vous imaginiez une écriture extrêmement fine mais tremblotante qui trahit nettement le grand âge de la personne qui écrit ainsi, en même temps qu'un souci tendu chez elle d'élégance et de dignité.

Imaginez maintenant une lettre écrite ainsi et cette lettre parle du devoir de chacun de ne pas gêner les autres, de l'habitude de la vieille personne, auteur de la lettre, de prendre toutes les précautions possibles pour ne pas déranger autrui ; de son regret que son voisin de l'appartement du dessous, à qui la lettre est adressée, entende ou croie entendre du bruit venant de son appartement à elle, et l'auteur de la lettre ajoute que durant les vingt dernières années, le locataire qui habitait l'appartement occupé par son voisin actuel n'a jamais fait la moindre observation. Puis ce ton cassant : « *Quant à vous, Monsieur, les appels répétés par téléphone, au cours de la nuit, sont bien volontaires, ce qui est anormal de votre part. Il est aussi de votre devoir d'y mettre fin et de ne plus tourmenter la très vieille dame que je suis.* »

Et pour bien imaginer tout ça, Dick, et cette « très vieille dame », auteur de cette lettre et d'autres lettres glissées par elle sous la porte de son voisin, ayez présent à l'esprit ceci, Dick : le voisin, ainsi accusé par sa voisine de la tourmenter par ses appels téléphoniques nocturnes, n'a jamais, en fait, vu sa voisine au moment où ils en arrivent à échanger des lettres et des récriminations. D'elle, il connaît jusque-là sa voix, sa voix lasse, un peu éteinte et hésitante, ainsi que le bruit de ses pas — de ses béquilles bien plutôt... mais il ne l'a jamais vue. Une très vieille dame de quatre-vingts ans au moins, mais qui ne sort pratiquement plus, au dire d'un autre voisin. Sans doute malade, handicapée, selon ce voisin, sans que l'on soit vraiment sûr de rien car, non seulement il y a longtemps qu'elle ne sort plus, mais, en outre, comme c'est le cas de beaucoup de vieilles gens comme elle, pauvres laissés-pour-compte à Manhattan — et en effet, c'est à Manhattan que tout cela se passe, dans un brownstone à Morton Street plus exactement — comme d'autres pauvres vieux et vieilles à Manhattan, notre vieille dame n'est plus visitée par personne, si bien que le fait même qu'elle soit toujours en vie est devenu pour beaucoup un mystère.

Et maintenant imaginez ceci, Dick : cette très vieille dame malade et solitaire, dans un appartement à Manhattan et qui accuse son voisin de la tourmenter et qui à son tour est accusée par celui-ci de le tourmenter, finit, au bout d'un certain temps, par faire partie des pensées quotidiennes les plus intimes de son voisin, ce voisin de l'appartement du dessous dans ce brownstone de Morton Street. Malgré les insomnies qu'elle ne cesse d'infliger à son voisin, elle finit par entrer dans ses pensées les plus secrètes au même titre que sa petite fille, car le voisin a une petite fille et elle vit avec lui ; au même titre que sa femme, car il avait une femme et il vient de la perdre ; au même titre que son passé qui le hante, et qu'il voudrait tant oublier, car cet homme a un passé qui n'est pas des plus gais.

Et imaginez ceci aussi : le voisin dont je vous parle, le plus souvent pense avec rage à sa voisine de l'appartement du dessus, puisqu'elle l'empêche de dormir, mais il lui arrive également, de temps à autre, d'imaginer, avec un élan irrésistible de compassion, son existence solitaire, en proie à l'âge, à la maladie et à l'insomnie. Un jour même, le voisin se laisse aller à souhaiter que leur voisine du quatrième puisse venir vivre avec sa petite fille et lui, car ainsi sa petite fille aurait une ambiance d'affection féminine si importante pour le développement de l'enfant traumatisée par la mort de sa mère ; la vieille dame aurait, de son côté, un cadre de vie familiale qui la soulagerait de sa solitude ; et lui, enfin, aurait la paix du sommeil que procurerait la disparition du bruit de l'étage du dessus, ce bruit qui désormais le terrorise et qui l'obligea une fois à écrire ceci à la vieille dame : « *Sachez, Madame, que votre comportement peu respectueux du confort des autres nous réveille, toutes les nuits sans exception, deux à trois fois par nuit, et que par le manque de sommeil que vous nous infligez, vous nous empêchez de mener une vie normale. Pour ma petite fille de huit ans, surtout, qui va à l'école, cela est tout simplement intolérable. Or, voilà plus de quatre mois que cela dure... »*

Vous n'avez pas manqué, j'espère, Dick, de reconnaître les acteurs de ce drame : il s'agit, bien sûr, de celle qu'Amel appellera « Tante Martha », de Youcif et d'Amel, votre petite-fille elle-même. Un drame qui, en ce qui concerne Youcif, se déroulait sur fond de peur, d'impuissance et de désespoir. Mais au bout de ses relations heurtées, difficiles avec la vieille dame, il y aura l'affection, une secrète affection mêlée de compassion de Youcif pour la recluse de Morton Street, — Amel a dû vous raconter comment au bout d'un certain temps Tante Martha et elles s'étaient réciproquement adoptées et comment elles s'étaient tant aimées —, et c'est cette compassion et cette affection de Youcif pour Tante Martha devenue en quelque sorte une grand-mère pour Amel qu'il faudrait que vous ayez à l'esprit, Dick, pour comprendre ce qui va se passer, pour comprendre comment Youcif en est arrivé un soir du mois d'octobre 1979 à me lancer au téléphone : « Yes, Professor, I'm ready. Let hell break loose » — que se déchaîne l'enfer !, alors qu'il avait livré Al-S aux pro-soviétiques et qu'il avait pendant tout un temps cru que ces derniers ne chercheraient plus désormais à lui faire mal, à faire mal ni à lui ni à sa petite-fille et qu'il pouvait par conséquent, en attendant des jours meilleurs, coopérer et renoncer à déclencher la révolution à la date initialement prévue par Al-S. En fait, — rappelez-vous, Dick —, les pro-soviétiques, contrairement à ce qu'il pensait, continueront à se méfier de lui et peut-être ont-ils estimé que Youcif ne leur avait livré son chef que pour se débarrasser de lui et lui succéder auprès des militants du Comsup central à La Mecque, ces militants qui, eux, ne sauront jamais dans quelles conditions Al-S était mort à New York. Et parce que les pro-soviétiques ne renonceront pas à leur idée d'empêcher, coûte que coûte, le déclenchement de la révolution à la date fixée par Al-S, c'est-à-dire en novembre 1979, il ne leur restera plus qu'à transformer leur vague méfiance vis-à-vis de Youcif en volonté arrêtée de l'éliminer, espérant qu'ainsi jamais le mot d'ordre qu'attendent les conjurés de La Mecque pour se lancer à l'assaut de la caserne de la Garde nationale ne sera donne. Seulement voilà, les pro-soviétiques se tromperont d'appartement et la bombe destinée à Youcif et à Amel atterrira chez Tante Martha et c'est elle qui sera déchiquetée par ses éclats.

Cette bombe qui tuera Tante Martha et qui était destinée à Youcif et à Amel changera entièrement l'attitude de votre gendre par rapport à ses ennemis, en même temps que par rapport à lui-même, à son existence, à l'engagement, à l'Histoire ainsi qu'à tout ce qui peut menacer notre bonheur d'individu. Tante Martha à son tour tuée par le mépris : c'était sans doute, aux yeux de Youcif, le scandale ; c'était sans doute l'impensable, l'inacceptable, et seul Allah pouvait dès lors répondre d'un tel acte. La goutte qui fit déborder le vase...

Car, voyez-vous, Dick — et je ne vais pas tarder à m'arrêter —, tout au long de ce monologue sur cassette, je vous ai parlé, à propos de votre gendre, de beaucoup de choses : du destin, de l'amitié, de l'amour, et de je ne sais quoi d'autre, et mes propos ont dû vous paraître incohérents, sans lien entre eux, souvent contradictoires même. Mais qu'il n'y ait pas de méprise dans votre esprit. Saisissez clairement ceci, je vous prie.

Voyez-vous, Professor Casey, votre gendre est maintenant mort et sa vie est là, devant nous : un fait donné, propre et net, qu'on peut à loisir juger, une œuvre close, terminée. Eh bien, en le jugeant, moi, Hutchinson, je me hasarde à soutenir sans croire trop me tromper, que si quelqu'un a vraiment jamais hissé au-dessus de toute autre valeur l'amitié, l'amour, la décence, la compassion, tous ces sentiments privés, calmes, sans gloire manifeste ni fanfare, tous ces sentiments qu'un être humain peut éprouver modestement, à part soi, envers un autre être humain ; si une telle personne a jamais existé, c'était bien Youcif. Et surtout, n'allez pas m'accuser, je vous prie de cultiver les paradoxes. Non, la vérité, c'est ça, Dick, si bien que j'en viens à me demander si, au fond, toute l'agitation apparente de votre gendre en faveur des causes, sa prédilection pour la fureur de l'Histoire n'était pas, en définitive, vécue par lui comme pure et vaine agitation, comme pur et vain divertissement, — rien d'autre, l'essentiel pour lui demeurant sans doute ailleurs : dans son amour pour Ann et pour leur petite fille ; dans son amitié pour vous ou pour moi ; dans sa vénération filiale pour Al-S, non point Al-S, le leader politique, mais Al-S en quelque sorte comme père ; dans son affection pour Tante Martha, la vieille dame de Morton Street. Bref, quand j'y pense maintenant, je suis tenté de croire que dans l'univers des valeurs de votre gendre, l'Histoire ne devait tenir, en définitive, que tout au plus la place d'un mal inéluctable dont il fallait sans doute savoir s'accommoder mais qu'il ne fallait à aucun prix laisser se mêler au cours secret de notre bonheur privé nourri par les sentiments dont je vous parlais.

Ah, Dick, je me souviendrai toute ma vie de l'émotion avec laquelle Youcif a évoqué un jour devant moi votre amour meurtri pour une belle Sud-africaine de votre jeunesse — Kerry Crawford — c'était son nom, je crois — vos amours d'antan et vos larmes, ces larmes que vous fûtes une fois, un jour du printemps 1976, incapable de retenir alors que penché avec lui, dans le désert d'Arabie sur une petite et fragile fleur que vous appeliez « gloire des sables », il vous sembla revoir dans sa corolle mauve le visage tant aimé d'autrefois ; et il m'a dit son affection pour vous, combien il vous estimait, combien il souhaitait que vous soyez de nouveau heureux et que vous oubliez l'inoubliable.

Je crois, Dick, que Youcif, comme moi, et sans doute vous avec nous, nous serions tous d'accord pour dire que, tout compte fait, le sourire épanoui de la femme que nous aimons ; le regard affectueux et confiant de l'enfant que nous chérissons ; la reconnaissance émue témoignée envers nous pour un acte de compassion, pour un acte de la plus élémentaire bonté ; — toutes ces choses, simples et sans tapageuse gloire, à y réfléchir bien, valent, tout compte fait, plus que toutes le révolutions du monde ; plus que toute l'hystérie collective des hommes au cours de leur entière histoire insensée ; plus que toutes les futiles prétentions de toutes les civilisations qui se sont succédé sur cette foutue planète. Et, dites-vous, dites-vous toujours, Dick, s'il vous arrive d'être tenté par le désespoir, n'oubliez jamais de vous dire alors qu'au regard du souvenir de la « gloire des sables » et de celui de sa précaire et incomparable beauté, toute la folie des hommes déchaînés, ceux de notre temps comme ceux de tous les temps, c'est le dérisoire et l'absurde.

Et si vous n'oubliez pas ça, vous pourrez peut-être alors comprendre comment votre gendre est devenu pratiquement fou lorsqu'il a d'abord perdu Ann, ensuite Tante Martha par la faute des hommes furieux.

DU MÊME AUTEUR

Aux Éditions Gallimard

LA RAGE AUX TRIPES, 1975
LE BRUIT DORT, 1978

COLLECTION FOLIO

Dernières parutions

1635. Ed McBain — *Les sentinelles.*
1636. Reiser — *Les copines.*
1637. Jacqueline Dana — *Tota Rosa.*
1638. Monique Lange — *Les poissons-chats. Les platanes.*
1639. Leonardo Sciascia — *Les oncles de Sicile.*
1640. Gobineau — *Mademoiselle Irnois, Adélaïde et autres nouvelles.*
1641. Philippe Diolé — *L'okapi.*
1642. Iris Murdoch — *Sous le filet.*
1643. Serge Gainsbourg — *Evguénie Sokolov.*
1644. Paul Scarron — *Le Roman comique.*
1645. Philippe Labro — *Des bateaux dans la nuit.*
1646. Marie-Gisèle Landes-Fuss — *Une baraque rouge et moche comme tout, à Venice, Amérique...*
1647. Charles Dickens — *Temps difficiles.*
1648. Nicolas Bréhal — *Les étangs de Woodfield.*
1649. Mario Vargas Llosa — *La tante Julia et le scribouillard.*
1650. Iris Murdoch — *Les cloches.*
1651. Hérodote — *L'Enquête, Livres I à IV.*
1652. Anne Philipe — *Les résonances de l'amour.*
1653. Boileau-Narcejac — *Les visages de l'ombre.*
1654. Émile Zola — *La Joie de vivre.*
1655. Catherine Hermary-Vieille — *La Marquise des Ombres.*
1656. G. K. Chesterton — *La sagesse du Père Brown.*
1657. Françoise Sagan — *Avec mon meilleur souvenir.*
1658. Michel Audiard — *Le petit cheval de retour.*
1659. Pierre Magnan — *La maison assassinée.*
1660. Joseph Conrad — *La rescousse.*
1661. William Faulkner — *Le hameau.*
1662. Boileau-Narcejac — *Maléfices.*

1663.	Jaroslav Hašek	*Nouvelles aventures du Brave Soldat Chvéïk.*
1664.	Henri Vincenot	*Les voyages du professeur Lorgnon.*
1665.	Yann Queffélec	*Le charme noir.*
1666.	Zoé Oldenbourg	*La Joie-Souffrance*, tome I.
1667.	Zoé Oldenbourg	*La Joie-Souffrance*, tome II.
1668.	Vassilis Vassilikos	*Les photographies.*
1669.	Honoré de Balzac	*Les Employés.*
1670.	J. M. G. Le Clézio	*Désert.*
1671.	Jules Romains	*Lucienne. Le dieu des corps. Quand le navire...*
1672.	Viviane Forrester	*Ainsi des exilés.*
1673.	Claude Mauriac	*Le dîner en ville.*
1674.	Maurice Rheims	*Le Saint Office.*
1675.	Catherine Rihoit	*La Favorite.*
1676.	William Shakespeare	*Roméo et Juliette. Macbeth.*
1677.	Jean Vautrin	*Billy-ze-Kick.*
1678.	Romain Gary	*Le grand vestiaire.*
1679.	Philip Roth	*Quand elle était gentille.*
1680.	Jean Anouilh	*La culotte.*
1681.	J.-K. Huysmans	*Là-bas.*
1682.	Jean Orieux	*L'aigle de fer.*
1683.	Jean Dutourd	*L'âme sensible.*
1684.	Nathalie Sarraute	*Enfance.*
1685.	Erskine Caldwell	*Un patelin nommé Estherville.*
1686.	Rachid Boudjedra	*L'escargot entêté.*
1687.	John Updike	*Épouse-moi.*
1688.	Molière	*L'École des maris. L'École des femmes. La Critique de l'École des femmes. L'Impromptu de Versailles.*
1689.	Reiser	*Gros dégueulasse.*
1690.	Jack Kerouac	*Les Souterrains.*
1691.	Pierre Mac Orlan	*Chronique des jours désespérés*, suivi de *Les voisins.*
1692.	Louis-Ferdinand Céline	*Mort à crédit.*
1693.	John Dos Passos	*La grosse galette.*
1694.	John Dos Passos	*42ᵉ parallèle.*
1695.	Anna Seghers	*La septième croix.*
1696.	René Barjavel	*La tempête.*

1697.	Daniel Boulanger	*Table d'hôte.*
1698.	Jocelyne François	*Les Amantes.*
1699.	Marguerite Duras	*Dix heures et demie du soir en été.*
1700.	Claude Roy	*Permis de séjour 1977-1982.*
1701.	James M. Cain	*Au-delà du déshonneur.*
1702.	Milan Kundera	*Risibles amours.*
1703.	Voltaire	*Lettres philosophiques.*
1704.	Pierre Bourgeade	*Les Serpents.*
1705.	Bertrand Poirot-Delpech	*L'été 36.*
1706.	André Stil	*Romansonge.*
1707.	Michel Tournier	*Gilles & Jeanne.*
1708.	Anthony West	*Héritage.*
1709.	Claude Brami	*La danse d'amour du vieux corbeau.*
1710.	Reiser	*Vive les vacances.*
1711.	Guy de Maupassant	*Le Horla.*
1712.	Jacques de Bourbon Busset	*Le Lion bat la campagne.*
1713.	René Depestre	*Alléluia pour une femme-jardin.*
1714.	Henry Miller	*Le cauchemar climatisé.*
1715.	Albert Memmi	*Le Scorpion ou La confession imaginaire.*
1716.	Peter Handke	*La courte lettre pour un long adieu.*
1717.	René Fallet	*Le braconnier de Dieu.*
1718.	Théophile Gautier	*Le Roman de la momie.*
1719.	Henri Vincenot	*L'œuvre de chair.*
1720.	Michel Déon	*« Je vous écris d'Italie... »*
1721.	Artur London	*L'aveu.*
1722.	Annie Ernaux	*La place.*
1723.	Boileau-Narcejac	*L'ingénieur aimait trop les chiffres.*
1724.	Marcel Aymé	*Les tiroirs de l'inconnu.*
1725.	Hervé Guibert	*Des aveugles.*
1726.	Tom Sharpe	*La route sanglante du jardinier Blott.*
1727.	Charles Baudelaire	*Fusées. Mon cœur mis à nu. La Belgique déshabillée.*

1728.	Driss Chraïbi	*Le passé simple.*
1729.	R. Boleslavski et H. Woodward	*Les lanciers.*
1730.	Pascal Lainé	*Jeanne du bon plaisir.*
1731.	Marilène Clément	*La fleur de lotus.*
1733.	Alfred de Vigny	*Stello. Daphné.*
1734.	Dominique Bona	*Argentina.*
1735.	Jean d'Ormesson	*Dieu, sa vie, son œuvre.*
1736.	Elsa Morante	*Aracoeli.*
1737.	Marie Susini	*Je m'appelle Anna Livia.*
1738.	William Kuhns	*Le clan.*
1739.	Rétif de la Bretonne	*Les Nuits de Paris ou le Spectateur-nocturne.*
1740.	Albert Cohen	*Les Valeureux.*
1741.	Paul Morand	*Fin de siècle.*
1742.	Alejo Carpentier	*La harpe et l'ombre.*
1743.	Boileau-Narcejac	*Manigances.*
1744.	Marc Cholodenko	*Histoire de Vivant Lanon.*
1745.	Roald Dahl	*Mon oncle Oswald.*
1746.	Émile Zola	*Le Rêve.*
1747.	Jean Hamburger	*Le Journal d'Harvey.*
1748.	Chester Himes	*La troisième génération.*
1749.	Remo Forlani	*Violette, je t'aime.*
1750.	Louis Aragon	*Aurélien.*
1751.	Saul Bellow	*Herzog.*
1752.	Jean Giono	*Le bonheur fou.*
1753.	Daniel Boulanger	*Connaissez-vous Maronne ?*
1754.	Leonardo Sciascia	*Les paroisses de Regalpetra, suivi de Mort de l'Inquisiteur.*
1755.	Sainte-Beuve	*Volupté.*
1756.	Jean Dutourd	*Le déjeuner du lundi.*
1757.	John Updike	*Trop loin (Les Maple).*
1758.	Paul Thorez	*Une voix, presque mienne.*
1759.	Françoise Sagan	*De guerre lasse.*
1760.	Casanova	*Histoire de ma vie.*
1761.	Didier Martin	*Le prince dénaturé.*
1762.	Félicien Marceau	*Appelez-moi Mademoiselle.*
1763.	James M. Cain	*Dette de cœur.*
1764.	Edmond Rostand	*L'Aiglon.*
1765.	Pierre Drieu la Rochelle	*Journal d'un homme trompé.*

1766.	Rachid Boudjedra	*Topographie idéale pour une agression caractérisée*
1767.	Jerzy Andrzejewski	*Cendres et diamant.*
1768.	Michel Tournier	*Petites proses.*
1769.	Chateaubriand	*Vie de Rancé.*
1770.	Pierre Mac Orlan	*Les dés pipés ou Les aventures de Miss Fanny Hill.*
1771.	Angelo Rinaldi	*Les jardins du Consulat.*
1772.	François Weyergans	*Le Radeau de la Méduse.*
1773.	Erskine Caldwell	*Terre tragique.*
1774.	Jean Anouilh	*L'Arrestation.*
1775.	Thornton Wilder	*En voiture pour le ciel.*
1776.	XXX	*Le Roman de Renart.*
1777.	Sébastien Japrisot	*Adieu l'ami.*
1778.	Georges Brassens	*La mauvaise réputation.*
1779.	Robert Merle	*Un animal doué de raison.*
1780.	Maurice Pons	*Mademoiselle B.*
1781.	Sébastien Japrisot	*La course du lièvre à travers les champs.*
1782.	Simone de Beauvoir	*La force de l'âge.*
1783.	Paule Constant	*Balta.*
1784.	Jean-Denis Bredin	*Un coupable.*
1785.	Francis Iles	*… quant à la femme.*
1786.	Philippe Sollers	*Portrait du Joueur.*
1787.	Pascal Bruckner	*Monsieur Tac.*
1788.	Yukio Mishima	*Une soif d'amour.*
1789.	Aristophane	*Théâtre complet*, tome I.
1790.	Aristophane	*Théâtre complet*, tome II.
1791.	Thérèse de Saint Phalle	*La chandelle.*
1792.	Françoise Mallet-Joris	*Le rire de Laura.*
1793.	Roger Peyrefitte	*La soutane rouge.*
1794.	Jorge Luis Borges	*Livre de préfaces*, suivi de *Essai d'autobiographie*
1795.	Claude Roy	*Léone, et les siens*
1796.	Yachar Kemal	*La légende des Mille Taureaux.*
1797.	Romain Gary	*L'angoisse du roi Salomon*
1798.	Georges Darien	*Le Voleur.*
1799.	Raymond Chandler	*Fais pas ta rosière !*
1800.	James Eastwood	*La femme à abattre*
1801.	David Goodis	*La pêche aux avaros*

1802. Dashiell Hammett — *Le dixième indice et autres enquêtes du Continental Op.*
1803. Chester Himes — *Imbroglio negro.*
1804. William Irish — *J'ai épousé une ombre.*
1805. Simone de Beauvoir — *La cérémonie des adieux, suivi de Entretiens avec Jean-Paul Sartre (août-septembre 1974).*
1806. Sylvie Germain — *Le Livre des Nuits.*
1807. Suzanne Prou — *Les amis de Monsieur Paul.*
1808. John Dos Passos — *Aventures d'un jeune homme.*
1809. Guy de Maupassant — *La Petite Roque.*
1810. José Giovanni — *Le musher.*
1811. Patrick Modiano — *De si braves garçons.*
1812. Julio Cortázar — *Livre de Manuel.*
1813. Robert Graves — *Moi, Claude.*
1814. Chester Himes — *Couché dans le pain.*
1815. J.-P. Manchette — *Ô dingos, ô châteaux ! (Folle à tuer).*
1816. Charles Williams — *Vivement dimanche !*
1817. D. A. F. de Sade — *Les Crimes de l'amour.*
1818. Annie Ernaux — *La femme gelée.*
1819. Michel Rio — *Alizés.*

*Impression Bussière à Saint-Amand (Cher),
le 12 mars 1987.
Dépôt légal : mars 1987.
Numéro d'imprimeur : 3037.*
ISBN 2-07-037820-9. Imprimé en France.
Précédemment publié aux Éditions J.J. Pauvert.
ISBN 2-7050-0450-5

40034